Alliance
Royale

W0210348

Wendy Thévin

Chapitre 1 - Abby

Un torchon dans une main, un verre dans l'autre, j'essuie paresseusement la vaisselle, perdue dans mes pensées. D'ici quelques heures, ça sera le rush au Red Room. Ce bar situé à quelques kilomètres de Las Vegas accueille principalement les mal chanceux aux jeux qui viennent dépenser les quelques dollars qui leur reste en poche pour admirer les jolies filles qui dansent sur scène. Pour ma part, malgré les sollicitations de Billy, j'ai toujours refusé de me prêter au jeu. Bien que cela m'aiderait à gagner beaucoup plus d'argent, je préfère me saigner de jour comme de nuit tout en conservant ma dignité.

— Je t'assure qu'il est sec !

Je lève les yeux sur Sandy qui vient de s'installer sur l'un des tabourets qui jouxte le bar. D'un signe de tête, elle me somme de lui servir un verre et je m'exécute volontiers.

— Prête ? lui demandai-je alors que les premiers clients ne devraient plus tarder.

— Pas encore, me dit-elle en buvant d'un trait son verre. Resserre-moi en un autre tu veux ?

Je lui remplis de nouveau son verre tout en l'observant. Sandy doit avoisiner la trentaine et pourtant elle paraît beaucoup plus âgée. L'alcool, principalement, a laissé des traces sur son visage, néanmoins elle reste très séduisante et a un corps à faire pâlir plus d'une femme.

— Tu devrais ralentir le rythme sinon tu ne tiendras jamais sur scène.

— Ça c'est bien vrai ! balance Billy en me rejoignant derrière le bar. Si t'es cuite, c'est la petite qui devra te remplacer.

La petite, c'est moi. Etant la plus jeune du bar, il m'a affublé de ce surnom dont je n'arrive plus à me défaire. Pourtant, j'ai vingt trois ans et je suis loin d'être une gamine mais comme je arrivé ici à tout juste vingt-et-un ans, il m'a toujours considérée comme la petite dernière même si après moi, de nombreuses femmes ont rejoint les rangs de son bar.

— Va te changer Baby ! me dit-il. Les clients ne vont pas tarder à arriver.

Je grimace mais suis ses ordres. Si je peux échapper au pôle dance, je dois néanmoins porter la tenue exigée le soir. Heureusement, il s'agit de vêtements. Certes très léger et laissant peu de place à l'imagination mais je ne suis pas forcée de me balader le cul à l'air, c'est déjà ça !

J'entre dans les vestiaires et me fringue rapidement à l'aide d'une petite jupe en jean et d'un débardeur noir au décolleté si plongeant qu'on remarque sans difficulté le haut de mon soutien-gorge dépasser par l'encolure. J'applique ensuite une touche de rouge à lèvre flamboyant, marque de fabrique de ce club et glisse rapidement mes doigts dans mes cheveux bruns pour leur redonner un peu de volume. J'avise une dernière fois mon reflet dans le miroir et me dirige à l'arrière du bar pour fumer une cigarette. Faudrait vraiment que je me débarrasse de cette putain d'habitude mais j'en suis incapable. J'ai pourtant réussis durant quelques mois mais dès que j'ai eu l'occasion de reprendre je n'ai pu me résoudre à poursuivre sur ma lancée. J'inspire à plein poumon, la nicotine se dilapide dans mon organisme et un sentiment d'apaisement me saisit mais il est de courte durée quand je sens mon téléphone vibrer dans ma poche. Je l'extrais et vois rapidement le nom de mon ex s'afficher sur l'écran. Mon rythme cardiaque s'accélère immédiatement et je sens mes joues devenir en feu. Je décroche bien que j'ai la gorge nouée et manque de fondre en larme quand je l'entends :

— Maman ?
Des mois que je n'ai pas vu mon fils et je ne peux me résoudre à rester de marbre. Toutes mes barrières s'effondrent et les larmes cavalent le long de mes joues. Il m'appelle chaque soir et pourtant hier je suis restée sans nouvelles de sa part. J'ai insisté pour le contacter mais son père m'a répondu avec un seul et unique message qu'il faisait une soirée pyjama chez un copain. Sa première soirée pyjama… Encore quelque chose que je loupe.
— Mon amour… Comment ça va ?
— Ca va, Papa m'a dit de t'appeler pour te dire bon anniversaire.
Comme si son connard de père en avait quelque chose à faire… S'il l'a autorisé à m'appeler, c'est uniquement parce qu'il devait avoir quelque chose à me demander.
— Merci mon petit cœur, ça me fait très plaisir que tu penses à mon anniversaire !
En réalité, j'avais complètement oublié que c'était aujourd'hui. Les jours se suivent et se ressemblent tellement que j'en oublie quelle date nous sommes. Il faut dire que j'enchaîne les services dans l'unique but d'avoir assez d'argent pour me payer un avocat digne de ce nom. Quand j'aurais enfin les moyens de défendre ma cause au tribunal, je pourrais retrouver la garde de mon fils. En attendant, je dois garder la face et me forcer à fermer la gueule pour continuer à parler à mon fils une fois par jour.
— Comment ça s'est passé hier ? ne puis-je m'empêcher de lui demander en masquant la tristesse qui me noue la gorge.
— C'était trop bien ! On a mangé des poplecorn et on a joué avec mon copain.

Nous restons de longues minutes à discuter et je suis tellement accaparée par notre conversation que je ne remarque même pas les allers-et-venus entre la cour de derrière et le bar. Je sais que je devrais y aller d'une minute à l'autre mais je sais aussi que Billy ne me tiendra pas rigueur de mon retard s'il sait qu'il s'agit de mon fils. J'ai l'esprit plus léger de savoir que mon ex n'a pas cherché à me parler juste après, j'étais persuadé qu'il avait rappelé mon anniversaire à mon fils dans le simple but de me demander quelque chose. Visiblement, je me suis trompée. Quand je raccroche, je manque de fondre en larmes et en même temps notre appel me donne la force nécessaire pour retourner travailler mais alors que je me retourne, j'entends quelqu'un à côté de moi. Totalement ailleurs, je n'avais même pas remarqué que je n'étais plus seule. Dès l'instant où je pose les yeux sur l'homme qui me fait face, je reste scotché. Un regard à la fois gris et bleu plonge dans le mien et l'effet qu'il me procure m'est désagréable. Désagréable car je me refuse de ressentir une quelconque attirance envers les hommes depuis bien trop de temps. A mes yeux, ils sont tous pareils et représentent tous quelque chose de dangereux.
— Tu aurais une cigarette ?
Son anglais est parfait mais je note un accent étranger qui le trahi. Telle une abrutie, je ne bouge pas d'un pouce et reste bloquée sur lui. A première vue, il semble plus âgé que moi mais de quelques années seulement. Je dirais la trentaine tout au plus. Il porte un costume sombre qui semble hors de prix et détonne complètement avec la clientèle habituelle, ses cheveux bruns sont parfaitement coiffés, son nez est droit et fin mais ce qui me fascine le plus c'est sa bouche. Entourée d'une barbe de quelques jours, elle est d'une sensualité redoutable.

Ressaisis-toi meuf ! On dirait une écervelée ! raille ma conscience.
Faut dire que ça fait des années que je n'avais pas croisé un homme aussi attirant. Mais je tente de reprendre le contrôle de mes émotions et surtout de mon corps et sors une cigarette de mon paquet pour lui tendre. Mais alors que je pensais le voir s'éloigner dans la cour ou bien même la quitter pour rejoindre la terrasse du bar, je suis surprise de le voir s'adosser au mur sans cesser de me fixer. Il porte la cigarette à ses lèvres et inspire fortement sans détacher son regard du mien. Je devrais le quitter sur cet échange, retourner bosser à l'intérieur sans être hypnotisée par ces deux billes d'acier qui me scrutent. Pourtant, je suis incapable de bouger et assiste au jeu de regard le plus sensuel de toute ma vie.
— Vous n'êtes pas du coin, ne puis-je m'empêcher de lui demander.
J'inspire profondément fière d'avoir réussi à aligner deux mots face à ce spécimen. Un silence passe et je me demande s'il a saisi ma question. Voyant qu'il ne réagit pas, je fronce les sourcils et me détache du mur prête à regagner l'intérieur quand il me répond :
— Non.
Ok… Plus loquace tu meurs.
— Vous êtes américain ?
La curiosité est un très vilain défaut mais je sais aussi que si je ne lui pose pas cette question, elle continuera à tourner en boucle dans ma tête.
— Non, lâche-t-il de nouveau.
Voyant qu'il n'est pas enclin à la conversation, je range mon téléphone dans la poche arrière de ma jupe en jean, signe de départ imminent quand il réagit enfin.

— Vous bossez le jour de votre anniversaire ?
Savoir qu'il a espionné ma conversation avec mon fils me met dans une colère folle. Si j'étais l'espace d'une minute totalement sous le charme de cet inconnu, je suis à présent revenue deux pieds sur terre et mon attitude relâchée disparaît soudainement.
— Votre mère ne vous a jamais appris à ne pas espionner les conversations des gens ?
— Ma mère est morte, me lâche-t-il de but en blanc.
Ok, géniale Abby, t'es la reine de la délicatesse ! Bordel, je deviens rouge de honte et ne sais plus où me mettre. Je sais que je n'ai jamais été très délicate mais là tout de même c'est un comble.
— Je suis désolée.
Ma voix se fait plus douce. Même si je n'y peux rien que sa mère soit décédée, je m'en veux immédiatement d'avoir mis les deux pieds dans le même plat.
— Pourquoi ?
— Car je ne voulais pas me montrer grossière.
Ses lèvres s'étirent dans un sourire sincère. C'est encore pire… Il est deux fois plus canon et mon palpitant s'agite de nouveau.
— Vous ne pouviez pas savoir.
En effet, on est toujours confus dans ce genre de conversation. Un ange passe, le silence se fait de nouveau entre nous. Je n'ose plus rien dire de peur de sortir une nouvelle connerie et voyant qu'il est encore ailleurs, je décide que cette conversation a assez durée. A nouveau, alors que je m'apprête à prendre la tangente, il se met à parler, à croire que ça l'amuse.
— Vous auriez dû passer la soirée avec votre mec. Si j'étais avec une fille comme vous, je lui interdirais de travailler ce jour si spécial.

Et voilà qu'il se comporte de nouveau comme un con. Moi qui commençais à le prendre en sympathie, voilà qu'il m'agace de nouveau dans son genre « moi Tarzan, toi Jane ». C'est quoi son problème au juste ? Si sa phrase sonnait comme un compliment, elle résonne tout autrement dans mon esprit. Aucun mec ne me dictera quoi faire... Plus jamais !

— Et bien ça tombe bien, vous n'êtes pas avec une fille comme moi.

Il ne semble pas s'offusquer de ma remarque, bien au contraire. Il porte la cigarette à ses lèvres et tire dessus avec détachement.

— Ça fait longtemps que vous travaillez ici ?

Le travail... Il serait peut-être temps d'y aller justement ! Pourtant, je n'arrive pas à me résoudre à quitter les lieux pour retourner à la vie réelle. L'espace de quelques secondes, j'ai l'impression d'être coupée du temps.

— En effet et sachez que seul le personnel est autorisé à venir ici, vous devriez aller sur la terrasse on a une vue beaucoup plus belle qu'à cet endroit.

— Pourtant la vue me plaît, me dit-il en me fixant droit dans les yeux.

Son regard magnifique devient inquisiteur. Malgré mon malaise, j'ai envie de me noyer dans ses deux billes océans teintées d'acier. Mon rythme cardiaque s'accélère et je me sens toute bizarre d'un coup.

— Je...

— Baby ! Bouge tes fesses, y'a foule à l'intérieur.

Ma tête se tourne brusquement vers mon boss qui vient de surgir de nulle part. Billy arrive en hurlant mais s'immobilise quand il réalise que je ne suis pas seule. Pour autant, il ne semble pas surpris de voir l'homme en costard, ce qui le perturbe le plus c'est de me voir parler avec lui. A la fois, je peux

le comprendre. Quatre ans que je travaille ici et mise à part le genre de poison que les clients choisissent et l'addition, il est rare que j'échange plus de deux mots avec un homme.
— Faut que j'y aille ! dis-je à l'inconnu en me dépêchant de retourner à l'intérieur.

Chapitre 2 - Abby

Dès l'instant où je mets les pieds dans le Red Room, une vague de chaleur me submerge. L'espace n'est pas très grand mais la masse d'hommes présente rend l'endroit encore plus exigüe. Pour se rendre jusqu'au bar en chêne massif imprégné d'alcool, je suis forcée de me faufiler entre des mecs à l'allure douteuse. Je me retiens de hurler quand l'un d'entre eux effleure mon cul comme si c'était naturel. L'envie de le baffer démange mes paumes mais je sais d'avance que ça ne servira à rien si ce n'est causer des problèmes à Billy. Si mon boss hurle plus qu'il ne parle, il n'en reste pas moins un homme protecteur et jamais il ne laisserait l'un de ses clients parler mal à l'une de ses filles.
J'observe rapidement Tina qui commence son show tandis que les hommes à la bedaine gonflée et au crâne dégarnit bavent littéralement en la regardant. Ce simple constat me donne des hauts le cœur, j'ai beau le voir chaque soir, je crois que je ne m'y ferais jamais !
Rapidement, je retourne derrière le comptoir et commence à servir des verres. Tous les alcools y passent et malgré le fait que mes pensées restent accaparées par cet homme que j'ai croisé plus tôt, je tentetôt je tente tant bien que mal de faire mon boulot. J'observe la foule, le cherche près de la scène mais aucun signe de l'homme en costard. A-t-il filé sans que je ne l'ai vu ? C'est possible. Il y a pas mal de monde ce soir et bien que je n'ai pas réussis à me le sortir de la tête, il est fort à parier qu'il se soit éclipsé sans que je ne le vois.

— Dis donc t'as l'air ailleurs Baby...
Sandy vient de me rejoindre derrière le bar et se serre un verre tandis que j'encaisse l'un des clients. Visiblement, mon état d'esprit un peu dispersé n'est pas passé inaperçu. Alors que je m'apprête à expliquer l'objet de mes pensées à mon amie et collègue, voilà que l'homme en costard s'assoit face à moi. Je reste tout con face à lui et n'ose pas lui parler. Stoïque, un peu gauche, je me fais rappeler à l'ordre par Sandy qui me donne un coup de coude pour me ramener à l'instant présent.
— Vous désirez boire quelque chose ? lui demandé-je un peu gauche.
— C'est le principal objectif d'un bar non ?
Il me répond du tac-o-tac sans se départir de son sourire charmeur. Son regard braqué sur moi m'incommode autant qu'il met en alerte chaque partie de mon corps.
— Vous pourriez tout aussi bien venir pour le show.
D'un signe de tête je lui montre l'une des danseuses mais il ne suit pas mon regard et continue de me fixer avec insistance. A force de me regarder ainsi, je vais commencer à croire que j'ai une tâche quelque part ou qu'un troisième œil m'est poussé pile entre mes deux sourcils...
— Donc ?
— Je prendrais un whisky.
— Sec ou avec quelque chose dedans ?
— Avec de la glace.
Malgré la musique qui résonne dans le club, j'entends de manière bien distincte chacun de ses mots. Ils retentissent en moi d'une façon bien étrange. Un simple terme comme glace a une tout autre saveur entre ses lèvres. Je déglutis péniblement et me retourne pour me saisir d'une bouteille de bourbon, j'en

verse dans un verre et prends une profonde inspiration avant de retourner près du comptoir.
— T'as vu ce canon Baby ?
Oh oui que je l'ai vu...
— Ne me dis pas que...
— Non Sandy, ne commence pas à te faire des idées. Il m'a juste demandé une clope pendant ma pause et j'imagine qu'il va tenter de gratter une consommation gratos à présent.
Je reste dos à lui alors que Sandy lui fait face. J'ose un regard à mon amie comme pour l'observer à travers ses yeux à elle. De ce que je vois, l'homme en costard lui plaît. Elle tire légèrement sur son haut laissant apparaître sa poitrine plus nettement. J'ai beaucoup moins de forme qu'elle, ma poitrine avoisine un petit 90 B et jusqu'à maintenant, je ne m'étais jamais senti complexée...
Bordel ressaisis-toi Abby !
— Il est blindé ! Il porte un costume hors de prix et il a une montre de luxe au poignet.
— Comment tu sais ça toi ?
— Des mecs j'en ai connu et crois-moi, il n'y a rien de faux chez lui. Donc intéressée ou non ? Car sinon, je mets le grappingrapin dessus.
Je lève les yeux au ciel et n'arrive pas à m'empêcher de souffler. En d'autres circonstances je crois que je baiserais volontiers avec lui mais ce temps est révolu. Je n'ai plus de temps à accorder à un homme même si cela se résume à une seule et unique nuit.
— Tu sais bien que ça ne m'intéresse pas.
— Franchement ma bichette il serait grand temps que tu te fasses sauter, si tu continues ainsi ce sont de véritables toiles d'araignées qui vont se former entre tes cuisses !

Elle s'empare du verre que je tenais en main et l'apporte en personne à l'homme en costard. Je les observe de loin et ne peux m'empêcher de jubiler intérieurement quand je le vois surpris. Ses yeux s'arrondissent et son regard de glace fond sur moi.

Amuse-toi bien avec elle, je n'ai pas le temps pour ça.

Je m'occupe donc du reste des clients et tombe sur un habitué. Jeffrey est un homme d'une cinquantaine d'années plutôt séduisant pour son âge. Ses cheveux grisonnants lui confèrent un certain charme et malgré ses nombreuses tentatives de drague, il s'est toujours montré respectueux envers moi.

— Dis-moi Baby, quand vas-tu enfin accepter de boire un verre avec moi ?

Je lui souris timidement et ne masque pas ma gêne. Pas que je sois intéressée le moins du monde envers lui mais ça reste un jeu entre nous.

— Vous savez bien que dans d'autres circonstances une histoire d'amour entre vous et moi aurait été possible, dis-je d'un air théâtral. Mais mon mari est un dangereux parrain de la drogue et il tuerait quiconque oserait me toucher.

Il lâche un rire grave et porte sa bière à ses lèvres tout en lorgnant derrière lui en direction de la scène. Les lumières rouges inondent la salle et principalement la danseuse. Malgré son déhanchement très suggestif, je ne peux nier qu'elle dégage une certaine sensualité et parvient à attirer tous les regards. Alors que nous continuons à bavarder de tout et de rien tout en m'afférant à prendre les différentes commandes qui arrivent de part et d'autre du bar, je réalise que l'homme au costard à disparu. Sandy revient vers moi l'air déçu.

— Alors, tu n'as pas réussi à harponner ton gros poisson ?

Jeffrey tend l'oreille, intéressé par notre conversation.

— Non… Je crois que c’est toi qui l’intéressais.
Je pars dans un rire franc alors que mes deux comparses me fixent d’un regard dur.
— Il n’y a rien de drôle, reprend Sandy.
— Elle a raison, si tu dois accepter un rencard c’est avec moi et pas ce nouveau sorti de nulle part.
— N’importe quoi ! Baby mérite mieux qu’un vieux croûton comme toi, elle est d’ailleurs bête de ne pas avoir saisi l’occasion. Je suis sûr qu’elle aurait pris un pied d’enfer avec un mec comme ça.
J’ai presque envie de me boucher les oreilles en entendant ma collègue et amie parler comme ça devant Jeffrey. Pas que je sois gênée en temps normal quand nous discutons entre nous mais face à notre client, c’est un peu étrange, même si nous bossons dans un club de striptease.
— Rassure-toi Jeffrey, je n’accepterais pas de sortir avec un parfait inconnu aussi séduisant soit-il. Je n’ai pas le temps pour ce genre de distraction.
— C’est bien dommage, t’es jeune et tu t’enfermes dans une vie digne d’une nonne, reprend Sandy.
— Si j’étais une nonne, je ne bosserais pas dans un club de striptease.
— Dans ce cas, profite de la vie avant d’avoir la chatte aussi fripée qu’un Sphynx !
Jeffrey fronce les sourcils et fixe Sandy sans comprendre. Moi, je ne peux pas m’empêcher de rire face à sa comparaison, l’image s’immisçant malgré moi dans mes pensées.
— T’inquiète pas Baby, moi je serais toujours là, reprend le client.

Je lui souris avec affection et m'attèle à aller servir les clients qui attendent tandis que Sandy se dirige dans les coulisses pour se changer et commencer son show.

Chapitre 3 - Abby

Mon service terminé, je fais une bise à Sandy et à Billy avant d'aller me changer. Je n'ai pas revu L'étranger au costard et quelque part je suis légèrement frustrée de me dire que l'échange que nous avons eu aujourd'hui se résumera à ce surnom. Pour la première fois depuis des mois, j'ai enfin ressenti quelque chose de spécial, un crépitement étrange, une connexion particulière. Son charme indéniable y est sûrement pour quelque chose mais j'avais l'impression qu'il y avait quelque chose de plus.

Dans ce cas, pourquoi t'as fui ? raille ma fichue conscience.

Parce qu'un mec comme lui n'a rien à faire avec une fille comme moi. Si j'ai exagéré auprès de Sandy en lui disant qu'il m'avait réclamé une clope pour finalement se faire payer un verre, je n'en pensais pas un mot. J'ai beau ne pas connaître grand-chose de la mode ou du luxe, j'ai quand même l'œil pour repérer une montre hors de prix ou un tissule tissu de qualité. Son costard n'était pas trop large comme ceux des clients ruinés qui trouvent repère dans notre bar. Le sien était cintré et laissait percevoir une musculature imposante en-dessous. Rien à voir avec le genre de type qui traîne ici. C'est d'ailleurs pour cette raison que je m'en suis éloignée. Je ne peux pas me permettre ce genre de distraction car je sais très bien comment je fonctionne. Je m'attache à des mecs qui empoisonnent mon esprit pour mieux me détruire. Si mon ex était l'homme idéal de prime abord, il s'est révélé sous son véritable jour dès l'instant où il a su qu'un enfant de lui évoluait dans mon ventre.

Mon fils…
Ce petit bout de nous était au début une véritable bénédiction mais très vite il est devenu ma prison. J'encaissais les paroles blessantes et humiliantes de mon ex sans parvenir à faire face. Le jour où il a levé la main sur moi, je me suis enfuie, mon fils sous le bras. Mais mon ex a des amis hauts placés et ma fuite pour protéger nos vies a finalement éloigné de moi l'êtremoil'être le plus précieux à mes yeux. J'étais accusée d'enlèvement et malheureusement, n'ayant pas les moyens nécessaires pour me payer un avocat digne de ce nom, je me suis vu refuser la garde de mon fils.
J'inspire à plein poumon, claque la porte de mon vestiaire et m'apprête à quitter le bar quand je suis interceptée par Sandy et Billy. Mon boss tient dans ses mains un petit gâteau d'anniversaire où trône une bougie. Les quelques clients, complètement ivres, sont à moitié endormis et avachis sur les tables qui font face à la scène pour admirer le dernier show de la soirée. Emue, je ne cache pas mon émotion en découvrant la surprise de mes amis.
— Je sais que logiquement c'était hier mais il y avait trop de monde pour te permettre de souffler ta bougie.
— Vous êtes fou… Adorable mais fou… leur dis-je émue.
— Allez, fais un vœu Baby ! me presse Sandy.
J'inspire fortement, ferme les yeux et visualise dans mon esprit mon seul et unique vœux « retrouver mon fils ». Je souffle et ouvre les yeux sous les applaudissements de Sandy et le cri de Billy qui ne peut pas applaudir car il tient toujours le gâteau dans ses mains.
— Ramène-le, tu le mangeras en rentrant.
— Vous n'en voulez pas un bout ?

Sandy fait un non de la tête et je sais bien qu'elle surveille sa ligne, son physique c'est son gagne-pain. Billy quant à lui presse son ventre rond dans les mains une fois qu'il m'a mis entre les miennes le gâteau.

— Allez file ! Profite du reste de ta nuit, m'ordonne mon boss.

Je ne résiste pas et les embrasse tous les deux de nouveau avant de quitter le Red Room. Je croise certains clients qui traînent encore sur le parking et me dirige vers ma voiture d'un pas presséepressée. Même si je n'ai en aucun cas été embêtée depuis deux ans que je travaille ici, je ne suis nullement à l'aise la nuit. Les hommes boivent beaucoup et on ne sait jamais ce qui peut traverser leur esprit. Néanmoins, dès que j'atteins ma voiture et que je dépose sur le siège le gâteau acheté par mes amis, je ne résiste pas à l'envie de fumer une clope. Je déteste l'odeur du tabac froid et je ne fume jamais dans mon véhicule. Je sais qu'il serait pourtant préférable mais je suis à présent assez éloignée du bar et je pense que je ne risque plus rien. Je tire sur ma cigarette tout en sortant mon téléphone portable pour lorgner sur mes messages, j'en découvre un de mon ex et je me fige. Les doigts tremblants je fais glisser mon pouce sur l'écran pour le découvrir alors que de mon autre main je tiens ma cigarette que j'inspire à plein poumon.

Travis > J'espère que tu as pris plaisir à entendre ton fils car sache que tu ne le verras pas pour les prochaines vacances, à moins que tu ne te décides à revenir à la maison ?

Je suis à deux doigts de jeter mon téléphone par terre mais je sais également que je n'ai pas les moyens de m'en racheter un et me ravise. Je craque, ravale les sanglots qui menacent de sortir. Je n'en peux plus ! Il se sert de notre fils pour m'atteindre et ça fonctionne… Chaque matin au réveil, j'hésite à abandonner pour retourner auprès de ce connard juste pour être près de mon fils, le manque que je ressens est trop douloureux. J'ai tout le temps l'impression qu'une partie de moi n'est pas là, comme un membre qui m'aiderait à avancer, à bouger, à réagir... Il me manque mon fils. Telle une déchirure en pleine poitrine, la douleur que je ressens est bien réelle. Je dois travailler plus mais je ne peux pas me résoudre à accepter la proposition de Billy, Travis se jetterait sur l'info pour m'éloigner encore plus de mon fils. Je sursaute et mon cœur s'emballe quand je sens une main se poser sur mon épaule mêlée à la voix douce et sensuellesensuel de l'étranger en costard.

— Vous n'auriez pas une cigarette ?

Je me retourne vivement sans masquer ma surprise.

— Non mais ça ne va pas la tête ? lui demandé-je en hurlant. J'aurais pu vous frapper ou même vous tuer ! On n'interpelle pas comme ça quelqu'un dans la rue en pleine nuit ! Et puis c'est quoi votre putain de problème à n'avoir jamais de cigarette ? Faudrait peut-être penser à en acheter !

Je ne sais pas ce qu'il me prend à m'emporter à ce point et si je pensais animer la colère de mon interlocuteur il n'en est rien. Au lieu de ça, il s'adosse à ma voiture, croise les bras sur son torse et me fixe avec amusement. Son comportement m'apaise étrangement et je prends conscience du ridicule de la situation.

— Je suis désolée.

Je regagne mon calme. Faut dire qu'après avoir découvert le message de mon ex je suis sur les nerfs. Mais même si cet homme m'attire bien plus que je ne veux l'admettre et que ça m'enrage d'éprouver de l'attirance pour lui, il n'est en rien responsable de mon passé.

— Pas de soucis, c'est moi qui m'excuse je n'aurais pas dû vous bousculer.

Bordel son accent est vraiment trop sexy et malgré l'heure tardive il est toujours aussi séduisant. Ses cheveux sont un peu plus négligés, signe qu'il a passé ses doigts dedans à de nombreuses reprises. Je me demande quelle texture ils ont, sont-ils doux ?

Bordel mais on s'en fout ma pauvre fille ! se moque ma conscience.

Ta gueule !

Je sors une cigarette de mon paquet et la lui tend. Il s'en saisit en souriant, la glisse entre ses lèvres et s'approche de moi pour que je l'lui allume. Notre proximité provoque en moi des sensations étrangement agréables.

— Je pensais que vous étiez parti…

— Je l'étais, mais je ne pouvais pas m'en aller sans tenter ma chance.

J'arque un sourcil, surprise.

— Tenter votre chance ?

C'est interdit de sortir avec les clients et bien que Sandy ne se gêne pas de le faire sous le nez de Billy, je sais aussi qu'il ne sera pas aussi tolérant avec moi pour la simple et bonne raison que je ne suis pas Sandy et que je ne fais pas ça pour l'argent.

— C'est votre anniversaire donc je me suis dit que je devais vous inviter à boire un coup et que je ne pouvais pas vous laisser passer le reste de votre soirée seule.

— Qui vous dit que je n'ai pas un homme qui m'attend à la maison en m'ayant préparé un bon bain chaud plein de mousse remplie de pétales de fleurs.

— Des pétales de fleurs vous dites ?

— Hum, dis-je en opinant, avec deux coupes de champagne et nos corps immergés dans l'eau.

Ses yeux se plissent et se détournent. Son visage se fait soudainement sérieux et c'est comme s'il tentait d'imaginer la scène. Je rougisrougie malgré moi mais ne détourne pas le regard, je veux analyser chacune de ses réactions.
— Donc c'est ça votre truc ? Vous aimez le romantisme.
Le romantisme… Si seulement je savais réellement ce que c'était. En réalité, je le vis à travers l'écran de mon salon en regardant chaque soir un film d'amour différent. Est-ce peut être la dureté de ma vie avec Travis qui me pousse à chercher autre chose. Un homme qui me désire vraiment et qui ferait de moi l'unique objet de son fantasme et de son cœur.
— Oui, c'est ça.
— C'est dommage alors, me répond-t-il d'une voix grave.
— Pourquoi ?
L'homme en costume jette la cigarette et rompt la distance qui nous sépare. Ses deux billes d'acier virent à l'orage et bien que l'envie de m'éloigner de lui effleure mes pensées, je suis comme hypnotisée et ne peux pas bouger.
— Parce que je sais que personne ne vous attend ce soir car je l'ai demandé à votre collègue tout à l'heure.
Quelle cafteuse !
— Et j'avais très envie de passer le reste de la soirée avec vous pour fêter dignement votre anniversaire.
Son torse n'est qu'à quelques centimètres du mien. Je tente de contrôler ma respiration qui s'alourdit car je crains que ma poitrine le frôle à force d'inspirer fortement.
— Mon anniversaire était hier, tenté-je de lui dire d'une voix mal assurée.
— Encore dommage… Dans ce cas, vous ne m'en voulez pas si…
— Si ?

Et là, sans me laisser le temps de réfléchir, sa bouche s'abat contre la mienne. En réalité, je ne sais même pas lequel de nous deux a franchit les quelques centimètres qui persistaient entre nos bouches. Tout le désir que nous ressentions est exprimé dans ce baiser enflammé. Sa langue se fraye rapidement un chemin entre mes lèvres et capture la mienne. Mes mains glissent dans ses cheveux comme pour confirmer mes soupçons, ils sont bel et bien doux et soyeux. Ses mains quant à lui s'enroulent autour de ma taille pour me presser contre son corps. Une explosion de sensation fait rage en moi au point que je tire sur ses cheveux sans m'en rendre compte et gémis contre ses lèvres. Je crois n'avoir jamais été embrassée de cette manière et je ne peux nier que j'adore ça.
A bout de souffle, nous nous éloignons. Son front reste collé au mien tandis que je peine à retrouver une respiration cohérente.
— Alors, on le prend ce dernier verre ? me demande-t-il.
Un douloureux mais excitant combat fait rage en moi. L'envie de suivre ce parfait inconnu s'immisces'immiscent dans tout mon être à la recherche des sensations exquises qu'il est parvenu à faire naître en moi en m'embrassant uniquement. Je n'imagine pas quel plaisir je pourrais en tirer si cette bouche délicieuse se retrouvaitretrouvaient sur d'autres parties de mon corps... Les joues en feu, je désire le suivre et en même temps, je sais que je prendrais des risques en outrepassant les règles. Billy me le fera payer si ce mec débarque dans le bar pour jouer les petits amis jaloux.
Mais est-ce vraiment ça qui me fait peur ?
Non.
En réalité, je suis terrifiée à l'idée d'apprendre à le connaître autour de ce dernier verre et de tomber littéralement amoureuse de lui. Nous ne sommes pas dans une comédie

romantique et il y a fort à parier que je tombe de très haut quand il aura obtenu ce qu'il voudra. Pourtant, je me sens déjà extrêmement humide à ce simple baiser échangé et Sandy a raison, à force de faire vœux d'abstinence et n'avoir couché avec aucun homme depuis Travis, je vais finir par retrouver un imen intact.

— C'est juste un verre, me dit-il avec un sourire en coin.

Juste un verre… Mais on sait très bien où cela nous mènera et franchement, je préfère sauter toutes les étapes. Je ne recherche pas de petit-ami, j'ai juste envie de baiser avec lui. Donc autant aller droit au but et ça m'empêchera de m'attacher à lui.

— Amène-moi chez toi s'il te plaît.

Ma voix est rauque, mal assurée. Je ne fais pas du tout confiance aux paroles que je prononce et en même temps, je ne peux voiler le désir qui me consume. Mais alors qu'il glisse une main dans ses cheveux et qu'il s'éloigne de moi, je perds toute assurance. Peut-être ai-je mal interprété ses paroles ? Non, c'est impossible. Il ne peut pas me draguer toute la soirée, m'embrasser comme un dieu du sexe pour juste aller boire un verre et si c'est apprendre à me connaître qu'il désire, c'est juste hors de question.

— Laisse tomber, c'était une mauvaise idée.

A ces mots, il s'empare de mon visage en le prenant en coupe dans ses deux grandes mains puissantes. Son regard d'acier se plante dans le mien alors qu'il me fixe avec une attention déconcertante.

— Je ne suis pas un homme facile Baby, je suis loin d'être romantique et je ne suis pas disponible.

Merde ? C'est lui qui est marié finalement ? J'arrondisJ'arrondie les yeux de surprises et tente de lorgner vers ses doigtsdoits à la recherche d'une alliance. Je ne relève pas le fait qu'il m'ai appelé par le surnom utilisé dans le club, après tout, mon vrai prénom ne le regarde pas.

— Je n'ai pas de femme si c'est ta question mais je ne peux pas m'engager dans une relation.
Je ne sais pas pourquoi je suis soulagée tout d'un coup. Il y a encore quelques minutes, je me disais que je n'étais pas prête à coucher avec un homme et il a suffit d'un baiser pour envoyer valser ma conscience. Allez zou aux oubliettes et prends-moi en levrette !
Bordel… Je déraille…
Je tente de reprendre en assurance et le fixe dans les yeux. Il ne veut pas de relation et moi non plus. Cette alliance est parfaite ! On nique un coup et on se checkera après ! Parfait !
— Pour la petite info, je ne veux personne non plus dans ma vie. Une nuit, c'est tout ce que je te propose.
— C'est ce qu'elles disent toutes et pourtant…
— Qu'est-ce que tu es présomptueux, lui dis-je légèrement choquée.
— Laisse-moi te le prouver mais prometspromet-moi une chose, me dit-il en approchant ses lèvres des miennes.
— Je t'écoute ?
Ses pouces caressent mes joues alors que son regard sonde mon âme. Ses deux billes d'acier qui virent à l'orage m'emportent dans leur tempête et me font tourner la tête.
— Ne tombe pas amoureuse de moi, chuchote-t-il contre mes lèvres.
— ça ne risque pas !

Ces mots abattent ses dernières barrières. Je suis heureuse et excitée de retrouver la chaleur de sa bouche sans savoir vraiment dans quoi je m'embarque…

Chapitre 4 – Abby

Je grimace quand je réalise que mon étranger en costard me guide jusqu'à un hôtel luxueux. Sandy avait vu juste, ce mec est pété de thunes et ça ne fait qu'alimenter ma crainte d'être auprès de lui. Mais qu'est-ce que je fous ici au juste ? Mon étranger en costard s'empare de ma main et me conduit jusqu'à l'ascenseur. Dès que nous pénétrons dans la cabine, sa bouche se rue à nouveau sur moi et suffit à elle seule à faire voler en éclat toutes les questions qui brouillent mes pensées. Elle abandonne mes lèvres au profit de mon cou, ses mains parcourent mon corps et glissent jusqu'à mes fesses. Moi, je ne sais pas quoi faire des miennes, il semble si à l'aise alors que j'ai complètement oublié comment on s'y prend. J'ai lu une fois dans un livre que le sexe était comme le vélo et qu'il ne s'oubliait pas et bien là tout de suite je ne serais pas prête à remonter en selle au risque de me péter une jambe.

— J'ai terriblement envie de toi Baby…

Je pourrais peut-être lui dire comment je m'appelle… Et puis non, après tout dès demain nous tirerons un trait sur cette nuit de débauche. Néanmoins, il serait quand même préférable que je sache comment lui s'appelle, je ne vais tout de même pas l'appeler l'étranger en costard…

Alors que sa bouche vagabonde toujours dans mon cou, je tire sur ses cheveux pour le forcer à m'affronter. Son regard est sombre et dévoile sans masque le désir qui l'anime.

— Ton prénom ?

— Ace.
J'arque un sourcil. Etrange comme prénom mais je ne pose pas de question et me contente de sa réponse.
A peine les portes de l'ascenseurs ouvertes, nous nous faufilons dans le couloir. Alors que sa bouche est toujours sur la mienne, il déverrouille la porte avec une aisance déconcertante et nous nous engouffrons à l'intérieur d'une suite plongée dans la pénombre. La chambre baigne dans l'obscurité, seulement éclairée par les lumières extérieures de la ville et par la pleine lune de ce soir. Avec force mais sans violence, Ace me plaque contre le mur qui jouxte l'entrée sans masquer son impatience. Etant dans le même état de fébrilité, je fais glisser les manches de la veste de son costume le long de ses bras alors que lui tire sur mon t-shirt pour le retirer de mon jean. Il fait passer le tissu au-dessus de ma tête tandis que je m'attèle à déboutonner sa chemise avec attention sans dessouder réellement nos bouches l'une de l'autre.
Son torse nu contre le mien enflamme mon épiderme. Mes doigts se crispent sur les muscles de son dos alors que les siens cavalent le long de ma colonne vertébrale pour dégrafer mon soutien-gorge. L'espace d'une minute, je retiens ma respiration mais très vite, l'angoisse qui m'avait saisi s'évapore quand je sens ses lèvres abandonner les miennes quand elles rejoignent ma poitrine. Je me cambre sous la sensation de ses dents sur la pointe de mon sein. C'est à la fois douloureux et divin. Pantelante, je ne résiste plus. Je glisse mes mains dans ses cheveux et l'arrache de ma poitrine. Sentant mon besoin, Ace glisse ses mains sous mes cuisses et me soulève du sol avec une facilité déconcertante. Naturellement, mes jambes se nouent à ses hanches alors que ma bouche plonge dans son cou. Il sent

divinement bon, son parfum poivré s'immisce dans mes narines et j'inspire à plein poumon pour m'en imprégner.
D'un geste du pied, il ouvre la porte et tellement obnubilé par cet homme, je ne prends même pas la peine de regarder les lieux. La seule chose qui m'importe c'est lui et ce qu'il compte faire de moi ce soir. Ace se détache de moi et me fait basculer sur le lit. Avec empressement il retire ses chaussures et j'en fait de même. Je me redresse, oubliant une partie de ma nudité pour me concentrer sur la sienne et très vite la bouche de Ace retrouve la mienne et il m'embrasse avec la même effervescence. Mes doigts glissent le long de son torse et découvre avec un désir non dissimulé la forme sculptée de ses abdominaux. Je descends plus bas, sentant ses muscles se tendre sous le passage de mes doigts jusqu'à atteindre son pantalon. Je le fais glisser au sol tout en prenant soin d'y emporter son boxer par la même occasion. Mon geste nous force à nous éloigner l'un de l'autre et j'admire sans aucune gêne son corps entièrement nu. Mes yeux s'attachent à son sexe en érection... Des années que je n'avais pas vu un homme nu et je dois dire que je ne suis pas déçue face au spécimen qui se dévoile à moi. Je tends la main pour le toucher mais il me fait basculer sur le lit pour me retirer également mon pantalon et ma culotte. D'emblée, impatiente, j'écarte les cuisses en attendant qu'il me rejoigne mais Ace reste d'infimes secondes face à moi, son sexe dans une main en train de se caresser tout en m'observant avec désir.
— Tu n'as pas idée à quel point j'ai envie de toi.
Son geste est à la fois obscène et terriblement excitant. Je ne vois pas ce qu'il y a d'attirant de voir qu'un homme se caresse face à moi en me regardant et pourtant, je mouille d'autant plus quand je réalise qu'il est dans cet état à cause ou grâce à moi.

— Viens, lui dis-je en tendant une main vers lui.
Il s'allonge sur moi forçant mes cuisses à s'ouvrir. Elles s'exécutent volontiers, impatiente de le sentir en moi. Nos bouches se rejoignent alors que la sensation de son sexe dur contre le mien me rend folle. Je gémis contre ses lèvres quand sa main cavale de mon sein vers mon ventre puis sur mon intimité. Son pouce trace de léger cercles sur mon clitoris et je ne résiste pas de gémir contre ses lèvres. La sensation est délicieuse, j'avais oublié à quel point le sexe était bon et Ace semble très doué…
Quand son doigt s'introduit entièrement en moi, je ne me retiens pas de me cambrer comme pour le sentir davantage. Il effectue de léger mouvements de va-et-vient et très vite un second doigt s'insère en moi et me vole une nouvelle salve de gémissement. C'est exquis…
— Ace…
Je l'implore de me délivrer du désir qui me consume. J'ai besoin qu'il vienne en moi. C'est aussi délicieux que douloureux. Mais il ne compte pas me ménager et accélère ses mouvements. Les yeux fermés, la tête basculée en arrière, je manque d'air. J'inspire de plus en plus fort, mon rythme cardiaque s'accélère, le plaisir déferle en moi comme une vague terrassante, je sens mon corps se mettre à trembler alors qu'il semble occuper à me baiser de ses doigts tout en essayant d'attraper autre chose au passage. Mes gémissements pleuvent dans la pièce, ma respiration résonne dans ma tête, il continue ses mouvements tout en s'éloignant de moi et je comprends à cet instant qu'il a attrapé un préservatif pour le mettre. Je suis trop perdue pour réfléchir à la façon dont il peut s'y prendre d'une seule main. Je n'ai plus aucune réflexion cohérente, je ne suis que sensation et plaisir.

Le plaisir déferle en moi et alors que je suis sur le point de jouir en criant son nom, Ace retire ses doigts d'un mouvement sec. Mon corps retombe mollement sur le lit à la fois frustré et déçu mais très vite, je m'apprête à me redresser sur les coudes pour comprendre les raisons de son arrêt quand il revient sur moi et que son sexe remplace ses doigts. Sa rigidité impressionnante m'arrache un cri étouffé et je me cambre et écarte un peu plus les jambes pour l'accueillir plus profondément.
Je perds complètement pied alors qu'il me pénètre avec plus de force. Plus rien n'existe si ce n'est la sensation divine qui déferle en moi. C'est rapide, puissant... Tout d'un coup, il s'éloigne de ma bouche et se redresse sur ses genoux. Son corps chaud m'abandonne et la fraîcheur de la pièce me surprend. Ace serre mes cuisses l'une contre l'autre tout en restant connecté à mon corps et alors qu'il relève mes genoux pour qu'ils soient face à son torse, il me pénètre d'un mouvement sec. Le feu me monte aux joues, aussi bien parce que les impulsions sont encore plus profondes ainsi mais également parce qu'ainsi il peut observer chacune de mes réactions. Troublée, je ferme les yeux pour savourer les sensations qu'il me fait éprouver. Mais brusquement, il s'arrête de bouger. J'ouvre les yeux, surprise, et réalise qu'il me fixe avec un regard sauvage.
— Regarde-moi Baby... Je veux voir combien tu es belle quand tu jouies.
A ces mots, il s'enfonce profondément en moi et m'arrache une plainte. Je suits les directives qu'il vient de me donner, non pas par soucis d'obéissance mais parce que ma gêne évidente alimente également l'érotisme de la scène. Je ne sais pas à quoi je ressemble mais je m'en moque car à travers ses yeux, à travers ses mouvements de bassin, je sais que je l'excite autant que lui m'excite et c'est tout ce qui compte pour cette nuit. En

transe, j'explose violemment sans retenir son prénom qui franchit mes lèvres. Ses gémissements rejoignent les miens et s'étouffent contre mes lèvres alors qu'il écarte mes cuisses pour plonger en moi. Nous nous effondrons l'un contre l'autre à bout de souffle et le corps tremblant.

Chapitre 5 - Abby

J'ouvre les yeux et il me faut quelques secondes pour me rappeler les évènements de la veille ou devrais-je plutôt dire de tout à l'heure. Allongée, entièrement nue, dans un lit qui n'est pas le mien, j'observe l'extérieur en fixant l'immense baie vitrée qui donne une vue imprenable sur la ville. Mon regard se pose ensuite sur l'homme qui dort à côté de moi. Je ne me souviens pas de m'être endormie, la seule chose dont je me rappelle c'est la manière dont Ace a posé une main sur mon ventre dans un geste possessif et du silence presque religieux qui s'est installé entre nous. Gênée, je tente de sortir du lit le plus discrètement possible pour ne pas le réveiller.

Cette nuit a été au-delà de mes attentes et je ne regrette pas d'avoir cédécéder au charme du bel inconnu en costard. Même si cela se résume à un seul et unique moment entre nous, j'en garderais de précieux souvenirssouvenir. J'inspire fortement à plein poumon et décide qu'il est grand temps pour moi d'y aller. Mais à peine ai-je mis les pieds sur le sol qu'une masse se déplace dans mon dos. Le matelas s'enfonce sous le poids de Ace et je sursaute en sentant sa main s'emparer de la mienne. Je me fige, mon cœur tressaute dans ma poitrine. Je n'aime pas les adieux et j'avais espéré pouvoir m'éclipser le plus discrètement possible.

— Tu pars déjà ?

Le timbre de sa voix est rauque et profond, il provoque une vague de chaleur dans mon ventre et je me retiens de me jeter sur lui dans l'espoir de goûter ses lèvres une dernière fois. Mais il ne le faut pas. Entre lui et moi c'était une seule et unique nuit, pas d'avenir possible, rien de plus qu'un moment de complicité sur l'oreiller qui prend terme au lever du soleil. L'espace d'une seconde j'ai l'impression d'avoir été dans la peau de Cendrillon sauf qu'à aucun moment il n'est question d'oublier ma pantoufle de verre.

— Il fait jour, il est temps pour moi d'y aller.

Il se redresse et m'offre une vue imprenable sur son torse sculpté. Au petit matin, j'ai tout le loisir de le contempler. Nous aurions peut-être dû allumer la lumière hier soir, j'aurais pu profiter de son corps sublime. Mais nous ne pouvons pas refaire le passé… Ce qui est fait est fait.

— Tu m'avais promis une nuit Baby… Pas quelques heures uniquement.

Son ton sonne les reproches et je ne comprends pas vraiment pourquoi. Je fronce les sourcils et détache ma main de la sienne. Les choses étaient claires dès le départ et il est hors de question qu'entre nous ça devienne plus que ça. Du sexe et rien de plus. Une nuit sans conséquences, sans attaches. Néanmoins, je n'ai pas envie de le quitter sur une dispute et je tente d'alléger la conversation.

— Il fait déjà jour donc logiquement la nuit est terminée.

Un sourire étire mes lèvres alors que le visage de mon bel inconnu reste aussi fermé qu'une huître. Il se redresse pour s'asseoir complètement, le drap lui tombe juste au niveau de la ceinture et pourtant j'arrive à voir sans difficulté que son désir est déjà présent.

Finalement, je n'ai peut-être plus autant envie de partir…

— Ne t'en fais pas, je reprends mon avion dans quelques heures, tu seras bientôt débarrassé de moi, me dit-il un peu plus froidement.

Mon cœur se serre sans que je n'en saisisse les raisons. J'ai envie de lui demander où est-ce qu'il se rend mais je sais que cette question bien trop personnelle n'a pas sa place dans la conversation. Je n'ai pas à en savoir davantage sur lui comme je refuserais de répondre à ses questions s'il venait à m'en poser.

— Dans ce cas, il est temps pour moi d'y aller.

Mon sourire a déserté mon visage, le sien est grave. Je sens mon cœur s'emballer dans ma poitrine et ma gorge se nouer mais je tente de ne rien laisser paraître. C'était un beau moment, rien de plus. Je m'apprête à me lever quand il me surprend en m'attrapant par la taille et en plaquant mon corps contre le sien. Son torse musclé percute mon dos et ses bras s'enroulent autour de moi. Je frémis au contact de son souffle chaud contre ma nuque.

— Reste, me dit-il.

J'inspire profondément et mon absence de réponse le pousse à me convaincre d'une toute autre manière. Sa prise se desserre sur mon corps et ses mains glissent délicatement de mes bras à mes seins qu'il prend en coupe dans ses paumes. Sa bouche cavale sur mon épaule et son souffle chaud allié à ses lèvres humides me font frissonner.

— Je devrais y aller…

Je souffle ces mots plus pour moi que pour lui, comme si je tentais de me convaincre qu'il n'était pas raisonnable de rester. Pourtant, alors que ses mains caressent mes seins et que ses doigts jouent avec mes tétons qui durcissent d'impatience à leur touché, je ne peux retenir la plainte de plaisir qui franchit mes lèvres.

Je me retourne et ne résiste pas à la tentation de ses lèvres quand elles se plaquent contre les miennes. Je devrais partir, je le sais… Pourtant, je suis incapable de lui résister. Mes doigts glissent dans ses cheveux pour approfondir notre baiser tandis que les mains de Ace s'enroulent autour de ma taille pour me maintenir contre lui. Son érection évidente se plaque contre mon ventre et l'envie de le sentir en moi gronde entre mes cuisses. Néanmoins, je sais pertinemment qu'en m'offrant une nouvelle fois à lui, je risque de le regretter. Tel un sixième sens, j'ai le sentiment qu'un mauvais présage s'annonce en réitérant l'expérience. Cependant, le désir qui déferle en moi est bien trop puissant et je ne peux résister davantage. Je cède tête baissée. J'ai furieusement envie de lui, de le sentir en moi. Je suis restée bien trop longtemps abstinente et maintenant que j'y ai goûté, je ne sais pas comment je vais parvenir à m'en passer. Pourtant il le faut…

Assise à califourchon sur lui, ma bouche abandonne la sienne au profit de sa peau nue. La pointe de ma langue suit la trajectoire de son cou, longe sa jugulaire, glisse vers son oreille. Son souffle devient plus lourd et ses mains cherchent le contact de mon corps. Il caresse l'un de mes seins d'une main, empoigne l'une de mes fesses de l'autre, me forçant ainsi à me rapprocher de son érection évidente. Je me déhanche sans gêne sur son membre et la friction de nos deux sexes m'arrachent une plainte. Il m'encourage à me frotter avec plus de vigueur, mon clitoris palpite de plaisir et alors que je suis sur le point de basculer, Ace s'immobilise et tend une main vers sa table de chevet pour s'emparer d'un préservatif. Il me tend l'étui et je me précipite pour dérouler le latex sur son sexe tendu avant de m'y empaler. Tous mes muscles se contractent en le sentant à l'intérieur de moi. J'expire de plaisir en me sentant si comblée. Ses mains se cramponnent sur mes hanches et m'invitent à reprendre du mouvement. C'est divin. Mon bassin ondule lentement alors que le sien s'enfonce plus profondément en moi.

Il est magnifique. Son regard d'acier qui vire à l'orage me fixe sans dissimuler le plaisir qui déferle en lui. Transportée par les sensations qu'il fait naître en moi, je me cambre et renverse la tête en arrière tout en le sentant plonger en moi plus vigoureusement.

— Vas-y Baby, baise-moi.

Ses mains abandonnent mes hanches pour me laisser prendre le total contrôle de notre échange. Excitée comme je ne l'ai jamais été jusqu'à maintenant, je place mes mains sur ses épaules pour m'aider à garder l'équilibre tout en montant et descendant sur lui. Ses mains sont partout. Tantôt sur mes seins qu'il malaxe avec précision, tantôt entre mes cuisses pour appuyer sur mon clitoris et déclencher des décharges électriques qui courent jusqu'à mes orteils. J'accélère de plus en plus. J'en perds la tête. Seul notre plaisir compte à cet instant. Je ne suis que sensation. Soudain mon corps explose et m'arrache un cri de délivrance suivi très rapidement du sien.

Tremblante, je m'écroule sur lui en posant mon front contre le sien. Nos souffles saccadés se mélangent et l'intensité de son regard devenu plus bleu que gris me perturbe.

— Tu es si belle...

Je reste silencieuse face à son compliment. Je n'ai jamais été à l'aise avec ce genre de choses pour la simple et bonne raison que durant bien trop d'années, ce sont des critiques que j'ai dû essuyer. Malgré mon sourire, il perçoit mon trouble mais par miracle il ne dit rien et respecte mon intimité. Je me retire et m'allonge à côté de lui, épaules contre épaules, tout en fixant le plafond. Entièrement nue, je me sens tout d'un coup sans défense. J'attrape le drap blanc que je remonte sur ma poitrine comme pour me dissimuler de son regard mais Ace ne l'entend pas de cette manière car il tire sur le tissu pour m'empêcher de me masquer de ses yeux. Je m'apprête à récupérer le tissus pour me camoufler quand la porte de la chambre s'ouvre avec fracas. Le choc est tel que Ace lâche le drap rapidement et me permet de me dissimuler en-dessous.

— … Alexander Charles Edward…

Je ne comprends rien si ce n'est ces trois prénoms alignés les uns à la suite des autres. L'homme face à moi s'exprime dans une langue que je ne maîtrise pas mais une chose est sûre, l'étranger en costard n'est pas celui qu'il prétend être…

Chapitre 6 - Ace

Ce mec est réglé comme une horloge, j'étais certain que Paul débarquerait à sept heures tapantes et c'est d'ailleurs pour cette raison que j'ai retenu la jolie serveuse du Red Room. Si la nuit que nous avons partagé ensemble était au-delà de mes attentes, ce n'est pas pour cette raison que j'aurais empêché que cela n'arrive. Si je l'ai dragué hier soir, c'était dans l'unique but de la mettre dans mon lit et que Paul nous surprenne au réveil. Je doute que mes parents apprécient de savoir que je me suis envoyé en l'air une nouvelle fois avec une parfaite inconnue et encore moins une fille ramassée dans un bar. Je ne réprime pas le sourire qui étire mes lèvres et m'adosse avec nonchalance contre la tête de lit alors que Paul est furax. Je jubile. Néanmoins, alors que le regard sombre de la belle barmaid se pose sur moi, je ne peux m'empêcher d'avoir une pointe de culpabilité. Une pointe seulement… Je ne vais pas commencer à me ramollir…

— Bordel de merde Alexander Charles Edward, t'étais vraiment obligé de t'envoyer en l'air avec la première venue.
J'ai presque envie de le remercier de ne pas parler en anglais, empêchant ainsi ma jolie serveuse de comprendre ce qu'il me dit. Néanmoins, je ne peux pas m'empêcher de tiquer en l'entendant utiliser mon patronyme entièrement. Qu'est-ce que je déteste cet assemblage de prénom utilisé uniquement pour prouver mon appartenance à la monarchie.
— Fais gaffe à toi, tu risques de t'étouffer en utilisant des termes aussi grossiers.
Je me moque de lui allégrement mais je suis vite rappelée à la réalité quand Baby – si c'est son vrai prénom – se tourne vers moi en fronçant les sourcils.
— Tu m'expliques ce qu'il se passe au juste ? Putain de merde, je savais que j'aurais mieux fait de me tirer.
Je ne sais pas quoi lui répondre, être dérangé par Paul était le but de la manœuvre, heureusement qu'il n'est pas arrivé quelques minutes plutôt sinon il aurait assisté au spectacle le plus érotique de sa vie. Rien que d'y penser, je sens ma queue durcir de nouveau. Baby est téméraire et tempétueuse. Son corps magnifique parsemé de tatouage se libérait sous mes mains et mes baisers. Sans le vouloir, sans le prévenir, je me suis montré extrêmement doux au point que cela m'a surpris. D'ordinaire, je prends sans recevoir mais hier soir ou plutôt tout à l'heure, je me suis laissé porterporté par l'effervescence du moment. Ce matin néanmoins, j'avais l'esprit en alerte et quand je l'ai vu sur le point de quitter mon lit, j'ai vrillé. Hors de question qu'elle se barre comme une voleuse, bien qu'elle m'ai offert énormément de plaisir, je tenais à ce que Paul la trouve dans mon lit au réveil. Pourquoi ? Parce que j'en ai plus que marre que mes parents m'emmerdent pour que je trouve une

femme. Ils devraient plutôt s'occuper de leur fils héritier, moi je n'ai pas ma place dans ce monde. Je ne suis que le second prétendant au trône quand mon père lâchera son dernier souffle et si ce n'est la mort de mon frère, il n'y a aucune chance pour que je règne un jour.
— En effet jeune fille, vous feriez mieux de rentrer chez vous, s'adresse-t-il à elle dans un anglais parfait.
Il s'abaisse au sol et s'empare des vêtements de la serveuse pour lui jeter en pleine tête. Malgré son jeune âge, Paul semble être aussi vieux que mon père. Nous avons été élevés ensemble et il a eu l'honneur d'être nommé conseiller du Prince à son dix-huitième anniversaire. Avant cela, c'était mon meilleur ami, ensuite il est devenu l'espion principal de mon père. J'avais imaginé bêtement que nos liens ne seraient pas entachés par la monarchie mais une fois encore, je me suis trompé. Depuis, je le vois sous son véritable jour, à croire qu'auparavant il jouait un rôle. A présent, c'est avec un véritable balais enfoncé profondément dans son cul qu'il se place devant moi. Alors que Baby s'empare de ses vêtements sans trop savoir comment s'y prendre pour ne pasen pas se retrouver à poil devant lui, Paul enfonce le clou en s'emparant du bout des doigts de sa culotte. J'étouffe un rire face à la grimace qu'il m'offre mais je suis vite rappelée à l'ordre par le regard tempétueux de ma jolie serveuse. Bordel elle est encore plus bandante quand elle est énervée. Ses deux billes sombres plongent dans les miennes et si ses yeux étaient des armes, je serais déjà mort deux fois. Un combat silencieux s'installe entre nous et je jurerais voir une pointe d'émotion dans son regard. Si seulement je n'étais pas si con, cela me toucherait. Mais ce n'est pas le cas.
Allez casse-toi !

— Désolé Baby, je t'avais dit que j'avais un avion à prendre. Je rentre chez moi.

A mes mots, je vois toutes ses barrières se fracasser mais elle fait face. Elle prend une profonde inspiration et ne craque pas. J'admire sa force de caractère car les nombreuses filles avant elle, fondaientfondait en larmes dès l'arrivée de Paul. Généralement, je m'arrange aussi pour qu'il arrive au moment où ça devient le plus embarrassant, celui où elles doivent me quitter. Je ne suis pas friand de tous ces adieux et de ses promesses de se recontacter qui ne mèneront finalement à rien. Les femmes je les enchaîne sans vouloir aucune attache et même si cette nuit était particulièrement érotique, ce n'est pas une raison de faire exception à la règle. Jamais au grand jamais je ne m'engagerais dans une relation, je le refuse catégoriquement. Aussi, généralement quand Paul débarque dans ma chambre légèrement furax, la gonzesse s'enfuit en larmes en me traitant de tous les noms d'oiseaux qui leur passe par la tête. D'ordinaire ça m'amuse.

Mais pas cette fois...

Baby est différente des autres filles et j'avoue l'avoir vu dès que je l'ai rejoint pour fumer une clope. Solitaire et déterminée, elle représente à elle seule le mot « indépendance ». Dommage, en d'autres circonstances j'aurais peut-être appris à la connaître un peu plus. En d'autres circonstances uniquement mais pas cette fois...

— Vous pourriez au moins vous retourner espèce de vieux pervers ! lui dit-elle en colère.

Vieux... Si seulement elle savait, Paul et moi avons le même âge. Je doute qu'elle m'ait qualifiém'ai qualifié de vieux hier soir alors que je la baisais. Mon conseiller s'exécute et se retourne

tout en soufflant tandis que je m'apprête à admirer une dernière fois son corps sublime.
— Tu pourrais en faire de même ! me crache-t-elle.
— Je ne verrais rien de plus que je n'ai déjà vu Baby, si tu veux t'habiller fais-le mais ne compte pas sur moi pour fermer les yeux.
Son visage est rouge de colère et si de la fumée pouvait sortir de ses narines, je paris sans mal qu'un nuage volerait face à moi. Elle est en rogne mais tellement sexy. Son regard tempétueux plonge dans le mien, ses deux billes sombres me fixent avec intensité. C'est fou tout ce qu'on peut dire avec un regard, une attitude, un geste, parfois la parole est inutile. Mais visiblement, elle a besoin de mettre des mots sur la colère alors que tout son corps la trahi.
— T'es qu'un gros connard !
Ah voilà… Les noms d'oiseaux commencent. Un sourire étire mes lèvres sans que je ne puisse le retenir. Après tout, à quoi bon ? Je devrais avoir au moins la décence d'être offusqué de la présence de Paul, m'en vouloir d'avoir volontairement oublié de verrouiller la porte, culpabiliser de l'avoir retenu alors que pour la première fois de ma vie une femme s'apprêtait à quitter mon lit sans que je ne fois forcé de l'y contraindre. Alors qu'elle comprend que je ne céderaiscèderais pas, Baby se lève du lit dévoilant son mon regard son corps entièrement nu. Mon membre durcit à une vitesse vertigineuse tandis que je l'observe et retiens mon souffle comme pour graver dans ma mémoire le souvenir de son corps. Mes pupilles s'activent, mon sexe devient de plus en plus dur malgré la présence de Paul. J'en oublie qu'il est là, subjugué par la beauté de cette femme. Son ventre musclé se contracte, ses petits seins rebondis se soulèvent au rythme de sa respiration saccadée. Je me délecte

du spectacle qu'elle m'offre malgré elle mais très rapidement… Trop rapidement… Elle masque sa nudité par ses vêtements. Elle prend une profonde inspiration, glissant ses jambes dans son jean et enfilant à la va-vite son t-shirt qu'elle portait quelques heures plus tôt. Je réalise seulement maintenant qu'elle n'a même pas pris le temps de mettre sa culotte, trop pressée de me quitter.

— Tu ne mets pas de culotte ? ne puis-je m'empêcher de lui rappeler.

Elle tourne son visage vers moi et encore une fois, elle ne se laisse pas démonter. J'aime sa force de caractère…

— T'as qu'à la garder en souvenir et la renifler quand tu seras en manque car une chose est sûre, entre toi et moi c'était une seule et unique nuit !

C'était le deal en effet, alors pourquoi ce constat me bouscule-t-il à ce point ? J'imagine que c'est uniquement lié au mariage imminent de mon frère. D'ici quelques jours, il sera marié à la duchesse et cela mettra un point d'honneur à l'alliance entre nos deux familles mais également à la poursuite de la monarchie. Comme pour appuyer ses diresdire, j'attrape la culotte sur le lit, la roule en boule et la porte à mon nez sous son regard interloqué. C'est la première fois que je renifle une culotte et si j'avais imaginé que l'odeur serait peu attrayante il n'en est rien, elle sent divinement bon, comme la jeune femme que je tenais dans mes bras il y a tout juste quelques minutes.

— Adieu, lâche-t-elle à bout de lèvres.

Je voudrais en dire autant mais face à son regard teinté de colère, je n'arrive pas à prononcer le moindre mot…

Chapitre 7 – Ace

La porte de la chambre claque et je ne perds pas une minute de plus et me réfugie dans la salle de bains en laissant Paul en plan. Je désire me retrouver seul durant un moment. L'esprit en surchauffe j'ai besoin de comprendre ce qu'il vient de se passer et surtout pourquoi ça m'ébranle à ce point. Ce genre de plan, je l'ai manigancé souvent, très souvent. Si la fille est toujours là au réveil, Paul débarque et sa simple présence suffit à la faire fuir. Mais cette fois c'était différent, j'aurais pu la laisser s'en aller quand elle en a eu l'opportunité. Mais non. J'ai préféré la retenir dans le seul but que Paul nous surprenne. Pourquoi j'ai fait ça ? Peut-être par simple esprit de rébellion. Peut-être parce qu'au fond de moi je voulais lui prouver qu'une fois de plus je n'entrerais pas dans le moule dans lequel ils veulent tous me forcer à être. Peut-être aussi parce que je refusais que pour une fois, ce soit elle qui parte avant que je le souhaite.
J'actionne la douche et savoure l'eau qui ruisselleruissèle sur mon corps nu. Malgré le fait que je viens de baiser avec cette fille, mon sexe est toujours dressé. Comme si ces moments que nous venions de passer n'étaient pas suffisantssuffisant, comme si j'en redemandait autant. J'inspire profondément et plaque mes deux paumes à plat sur le mur carrelé. Mes muscles bandés, je peine à regagner mon souffle et senssans les cavalcades de mon cœur m'étourdir. L'imagee visage de son corps nu s'imprime dans mon esprit. Son corps nu se pressant contre le miens, mes mains saisissant ses fesses sans douceur, sa bouche affamée rejoignant la mienne. Je l'aurais plaqué violemment contre la paroi en verre de la douche. De mon genou, j'aurais écarté ses jambes. De mes mains, j'aurais exploré ses chaires. De mes doigts, je l'aurais pénétré au point de la faire crier.
Je ne résiste plus.

Ma main empoigne mon sexe pour soulager ce désir qui me consume. Cette fille n'était qu'une parenthèse, elle restera au rang de fantasme. Cette l'eau qui dégouline de mon corps ne suffit pas à apaiser mes tourments. J'imagine sa main à la place de la mienne et me caresse avec plus de vigueur. Des années que je ne me suis pas masturbé, n'en ressentant ni l'envie, ni le besoin. J'ai baisé deux fois en l'espace de quelques heures et pourtant mon corps n'est pas satisfait. Il en redemande. Je m'imagine plonger en elle profondément, je fantasme son regard sombre se voiler de désir et de plaisir. Je revois la manière dont elle s'était abandonnée entre mes bras. La façon dont son visage s'était tordu sous la déferlante qui l'avait emporté. Je me revois...

— Bordel de merde Ace, qu'est-ce que tu fous ?!

Je me revois seul dans ma douche en train de me masturber comme un ado car pour la première fois je n'ai pas été capable de retenir une fille et qu'une fois de plus, je l'ai fait fuir.

Je ne suis qu'un con.

— C'est bon j'arrive, détend-t-en toi !

Paul a arrêté ses convenances protocolaires nous sachant seuls. Je ne supporte pas qu'il se comporte comme le conseiller du prince dans son rôle guindé alors que lui et moi avons fait les quatre cent coups. Il est mon seul et unique ami mais également l'espion de mon père et cette situation nous pèse autant l'un que l'autre.

— Grouille on va louper notre vol.

Mais qu'est-ce qu'il raconte encore comme connerie ? Nous disposons d'un jet privé, nous pouvons donc partir quand cela nous chante. Je ferme l'eau de la douche et attrape une serviette dès que j'en sors. Une seconde me sertsers à m’essuyer mes cheveux bruns tandis que je le rejoins dans la suite.

— Pour une fois, elle n’est pas partie en pleurant, me dit Paul avec humour.

Ce petit manège est un jeu entre nous. D’ordinaire, j’accoste la première fille qui me tombe sous la main dans l’unique but de vider mes couilles. Mais pas cette fois… Après l’appel de mon frère hier soir me demandant de me bouger le cul pour être présent pour les préparatifs de son mariage, j’ai comme pété un plomb. Ça et surtout le fait de savoir que la cousine de sa duchesse d’amour sera présente. Autrement dit, mon ex.

Avant elle, j’étais prêt à rentrer dans les rangs. A devenir un mec bien et à attendre sagement mon tour qui ne viendrait jamais. Je m’appliquais à suivre le protocole dans l’unique but de passer la bague au doigt de cette vipère à la chevelure sombre. Aussi, si au début j’étais entrée au Red Room dans l’unique but de me bourrer la gueule au point de ne me souvenir de rien au réveil, j’ai vu en Baby la femme que je n’étais plus capable d’aimer. Plus capable d’aimer depuis le jour où je l’ai surpris avec un autre homme. Cet homme, c’était mon père… Leur liaison n’a été un secret pour personne et ma mère s’est voilé la face tant bien que mal tout en conservant une attitude fière et impassible. Sofia rejoignait le roi dans sa suite chaque soir alors que ma mère pleurait en silence dans sa propre chambre. Ce que le roi voulait, il l’obtenait et ça quand bien même il pouvait me détruire. C’est ainsi que je l’ai suivi à l’arrière du bar. Tel un mirage sorti de mes pensées, je n’ai pu me résoudre à détourner les yeux et je l’ai traqué. Néanmoins, dès l’instant où nos regards se sont croisés, j’ai su qu’elle était différente. Il y avait de la détermination et surtout une force de caractère qu’on ne pourrait soupçonner de prime abord. Ce matin n’a pas

fait exception. Malgré l'humiliation que je lui ai offerte, elle ne s'est pas laissée démonter et a quitté la pièce la tête haute. J'admire son courage, j'aurais aimé en faire autant face à mon père.
— Allez va t'habiller ! me presse Paul.
J'ai envie de lui dire d'aller se faire foutre mais je sais que ça n'y changerait rien et qu'il resterait planté là jusqu'à temps que je le suive. Bordel, je n'ai aucune envie d'y aller et pourtant, je ne vais pas avoir le choix. Mon frère m'a réclamé auprès de lui et tout comme le roi, il exige et obtient.
J'attrape un jean et un t-shirt simple puis les enfile sans dire un mot. Paul a les yeux rivés sur son téléphone et je le vois grimacer. Ne comprenant pas trop sa réaction, je m'approche de lui et observe par-dessus son épaule l'objet de son attention.
— On t'a vu... Heureusement, on ne voit pas son visage à elle mais si ça se sait, tu connais d'avance les conséquences...
Qu'est-ce que je m'en branle ! J'aurais une énième remarque de mon père me rappelant à quel point l'image de la famille est entachée par mon comportement. Ne voit-il pas à quel point je m'évertue de la souiller justement ? Je me pousse à cultiver ce rôle de mauvais garçon dans l'unique but de lui nuire. Les paparazzi se nourrissent du moindre scandale dont je fais l'objet faisant piquer une colère monstre à mon paternel.
— On s'en fou, l'important c'est qu'elle ne soit pas emmerdée.
Paul arque un sourcil et m'observe étrangement.
— Quoi ? ne puis-je m'empêcher de lui cracher.
— C'est nouveau ça, depuis quand le sort de ta proie t'intéresse-t-il ?
Je ne relève pas et boucle mes affaires. J'ai hésité à lui demander de le faire pour simplement lui rappeler quelle est sa place et quelle est la mienne. Mais je ne suis pas un connard à

ce point et je profite d'un moment d'inattention pour m'emparer de la culotte de Baby que je glisse discrètement dans la poche de mon jean.

Cette lingerie, c'est tout ce qu'il me reste. Ca et les souvenirs plein la tête que j'ai de notre nuit...

Chapitre 8 – Abby

Quel connard mais quel connard !!!

J'ai envie d'hurler, d'y retourner et de le frapper. Mais je ne le fais pas. D'un pas rapide je quitte la chambre sans me retourner. La gorge serrée, une douleur perceptible dans la poitrine, je fonce tête baissée en tentant de mettre le plus de distance possible entre ce mec connard et moi. J'étais prête à quitter sa chambre, à rester sur une bonne note pour conserver ce moment précieusement dans mes pensées. A partir le plus discrètement possible sans me prouver qu'au bout d'une fois je le désirais encore et que malheureusement, une seconde ne suffisait pas non plus.

Mais non...

Ce connard a préféré profiter de la situation pour me sauter une nouvelle fois allant jusqu'à faire durer le plaisir et nous laisser surprendre par son putain d'assistant ou je ne sais quoi qui a débarqué pour le réveiller.

Profiter de la situation ? Tu ne disais pas ça quand tu le chevauchais avec fougue, raille ma conscience.

TA GUEULE !

Le fait est que je ne m'y attendais pas. Je suis quelqu'un de pudique et même si on pourrait me dire que c'est un mensonge vu l'endroit où je travaille, j'ai beau porter des tenues légères je n'ai aucune confiance en moi. Trop longtemps on m'a répété que je ne ressemblais à rien, que j'étais moche ou bien trop grosse. Et même si à présent je sais que ces paroles blessantes avaient pour but de me rabaisser pour mieux me contrôler, elles hantent toujours mon esprit. Aussi, quand Ace m'a demandé de venir sur lui et que j'ai capté le désir qui émanait de son regard, une partie de moi s'est enflamméeenflammé. Jamais Travis ne m'avaitm'avais regardé de cette manière car seul son plaisir comptait. Mais avec Ace, je sentais que mon plaisir l'importait tout autant que le sien. Que ce soit dans sa manière de me caresser alors que je montais et descendais sur lui pour lui donner du plaisir ou juste sa façon de me fixer et de me complimenter. En réalité, je crois que c'est ça qui m'a blessé le plus quand l'autre idiot est entré dans la chambre. Car l'espace d'une seconde, aussi infime soit-elle, j'ai eu l'impression d'être tombée sur un véritable prince charmant.

Mais je me trompais.

Il est comme tous les autres hommes. Manipulateur. Tous ces compliments étaient avaient pour un seul et unique but : me faire croire que j'étais importante pour me jeter ensuite comme une vieille chaussette. A croire que comme la plupart des mecs, il tenait à sa fierté et n'a pas apprécié que ce soit moi qui parte sans réclamer un second round. Toutes ces questions se bousculent dans ma tête alors que j'emprunte l'ascenseur principal. Hier, Ace a souhaité qu'on passe par derrière mais j'avoue que j'étais tellement prise dans l'élan de désir et de tentation qui me possédait à cet instant, que je n'ai pas réagis que nous faisions un détour. Mon seul objectif était de me retrouver seule avec lui dans cette chambre. J'aurais mieux fait de me péter une jambe dans les escaliers.

C'est faux… Car même si je suis blessée et humiliée, les orgasmes qu'il m'a offerts en valaient la peine. Bordel… Je commence à parler comme Sandy. J'espère ne plus être derrière ce se barre dans dix ans ! Je ne me vois pas faire carrière au Red Room même si j'adore mes collègues et mon boss.

Dès l'instant où je franchis les portes de l'hôtel, je prends une profonde inspiration et tente de me calmer. Pourquoi est-ce que je m'emballe à ce point après tout ? Ces mecs, je ne les reverrais plus jamais et je dois avouer que j'y ai pris énormément de plaisir et ça faisait un bail que je ne m'étais pas abandonnée de cette manière. Néanmoins, me faire surprendre entièrement nue dans le lit d'un parfait inconnu a quelque peu bousculé la manière dont cette histoire aussi brève soit-elle aurait pris fin. Mais je crois que ce qui m'a le plus perturbé c'est le sourire insolent qu'il m'a offert quand je me suis tournée vers lui. Il semblait fier qu'on nous ai surpris et ça j'avoue que je n'arrive pas à le comprendre. En quoi était-ce à son avantage ? Il a pris soin hier de passer par l'ascenseur de service. Entre ça et le fait qu'il nous amène à l'hôtel, je me suis presque demandé s'il n'était pas marié. Pas d'alliance à son doigt mais ça ne veut rien dire. Si un homme veut tromper, il peut très bien la retirer. Aussi, quand la porte s'est ouverte avec fracas, j'ai pensé à une femme et quelle a été ma surprise de réaliser qu'il s'agissait d'un homme. Peut-être est-il gay ? Non… Je ne peux pas y croire. La manière dont son corps réagissait en présence du mien m'a prouvé qu'il aimait les femmes. Peut-être bi ? Je ne le saurais jamais…

Heureusement, j'ai eu la bonne idée de venir avec ma propre voiture hier soir et je peux donc regagner mon petit appartement sans encombre. Je m'installe derrière le volant, glisse la clé dans la serrure et démarre. Merde… Il ne se passe rien du tout. Je recommence, ramène la clef vers moi pour ensuite la pousser dans la direction opposée. De nouveau, c'est le néant. Je lève les yeux au ciel, souffle longuement avant de réaliser que je n'ai plus de batterie. En colère contre moi-même, d'avoir probablement laissé les feux allumés hier soir je cogne contre le volant en grognant. Fait chier ! J'ai déjà pratiquement pas dormi de la nuit et voilà que je vais devoir appeler un dépanneur et l'attendre. Je sors mon téléphone portable de ma poche et jubile presque en voyant qu'il s'allume. Avec la poisse que j'ai depuis le réveil, j'aurais pu une fois de plus manquer d'énergie. Je compose le numéro de mon assurance et avise rapidement mon reflet dans le rétroviseur. Mon dieu, mais c'est quoi cette gueule que je me paye ? Mon maquillage sombre qui entoure mes deux billes marrons a légèrement coulé de part et d'autred'autres de mes yeux, ainsi j'ai presque l'impression de ressembler à un panda. Mes lèvres sont rouges et gonflées trahissent les nombreux baisers que j'ai échangé avec ce connard. Mes cheveux ? Non, là je crois qu'il ne vaut mieux pas que j'en parle. Ma tignasse brune est sacrément emmêlée et surtout en pétard. Rien d'étonnant que le connard en costard – oui c'est son nouveau surnom – se soit 'est marré. Si ça se trouve, ça n'avait rien à voir avec le mec qui nous a surpris, il a simplement rigolé en voyant ma gueule.

Tu cherches des excuses, raille ma conscience.

TA GUEULE BIS ... Même si elle n'a pas tort.

Après avoir échangé avec le dépanneur qui m'indique être là d'ici une petite heure, je profite de ce laps de temps pour remettre un peu d'ordre dans mes boucles indisciplinées. Néanmoins, alors que je m'observe dans le rétroviseur, j'avise - dans mon dos donc – les portes de l'hôtel s'ouvrir et je reconnais immédiatement l'autre boulet qui a débarqué ce matin, une valise à la main. Très vite, c'est Ace qui sort à son tour. Une véritable publicité pour un parfum hors de prix à lui tout seul. Il s'avance avec une aisance et une suffisance propre, une paire de lunette sombre dissimule son regard d'acier et il tient par-dessus son épaule la veste de son fameux costard. A cet instant, sans que je ne les ai repéré avant, deux jeunes femmes débarquent sorties de nulle part. Curieuse, je me retourne tout en tentant de me cacher à l'aide de mon siège et les espionne. Elles discutent avec lui sans que bien évidemment, je ne saisisse le contenu de leur échange, mais bien vite elles se collent à lui en sortant leur téléphone pour prendre un selfie. Hein ? C'est quoi ce délire. J'arrondie les yeux de stupéfaction mais ma surprise n'est pas vaine, quand elles lui tendent un morceau de papier et qu'il inscrit dessus je ne sais quoi, je réalise que l'homme avec qui je me suis envoyée en l'air par deux reprises n'est pas n'importe qui. Est-ce un acteur ? Un chanteur ? J'avoue ne pas être très branchée people mais je ne suis pas non plus inculte, d'autant que le connard en costard est étranger donc il doit avoir une certaine réputation pour être repéré dans un trou pommé comme ici.

Bordel de merde, il fait une chaleur à crever ! Si seulement j'avais de la batterie, je pourrais mettre la clim. Le petit larbin du connard revient avec un véhicule qu'il immobilise face à la star. Il offre un sourire à faire voler les petites culottes aux deux jeunes filles avant de s'engouffrer dans la berline noire. Je me baisse quand elle passe à mon niveau mais ne peux m'empêcher de me redresser pour la voir disparaître au bout de la rue. Cette histoire est belle et bien terminée…

Chapitre 9 – Abby

— Non mais quel connard ! s'exclame Sandy alors que je lui raconte les événementsévènements de la veille.

La dépanneuse n'est pas arrivée au bout d'une heure mais deux. Je n'ai pas eu chaud dans ma voiture, j'ai littéralement étouffé ! Le retard du réparateur a entraîné le mienmiens et je n'ai même pas pu rentrer chez moi pour faire une petite sieste avant d'enchaîner et prendre une douche. Aussi, quand Sandy m'a vu débarquer avec la même tenue que je portais la veille, elle n'a pas pu s'empêcher de me poser tout un tas de questionsquestion. Elle appelle ça le radar à orgasme... Son visage est néanmoins passé par toutes sortes d'émotionsd'émotion. L'excitation, la frustration, crispation, exaspération et finalement stupéfaction. Tout un mélange en ion...
— Mais du coup tu me dis qu'il a signé des autographes à deux gonzesses ? Mais c'est qui ce mec ?
Je dresse les différentes tables pour accueillir le service du midi, Sandy sur les talons.
— J'en sais rien, il m'a dit s'appeler Ace mais finalement quand l'autre abrutit est entré dans la chambre, il l'a appelé par trois prénoms.
— Un nom composé donc...
— J'en sais rien, aucun d'eux n'allaient ensemble, lui dis-je en haussant les épaules.
— Mais c'était quoi ?
Je souffle. Franchement je ne m'en souviens plus trop. J'étais sous le coup de l'orgasme qui avait anesthésié mon cerveau puis à la stupéfaction de voir un inconnu débarquer dans la chambre alors que j'étais entièrement nue.
— Baby, réfléchis.
Je ne sais pas pourquoi ça l'intéresse autant. Si en fait je le sais... Bien que nous vivons à quelques kilomètres de Vegas, il ne se passe pas grand-chose dans notre petite bourgade et j'imagine

que Sandy éprouve une légère excitation à l'idée qu'une starqu'un star ait franchiai franchit les portes de notre bar. Pire encore… Qu'elle a dragué une star. L'idée d'avoir couché avec quelqu'un de connu ne m'emballe pas particulièrement. Pire, je m'en contrefiche ! Il pourrait a beau être le président que ça ne me ferait fait ni chaud ni froid.
— Baby ! me presse Sandy.
Je souffle. Qu'est-ce qu'on s'en fou sérieux… Je plonge dans mes souvenirs qui ne sont pourtant pas si loin et retourne l'espace de quelquesquelque secondes dans cette chambre d'hôtel. Les yeux fermés, j'arrive encore à sentir les effluves de son parfum poivré chatouiller mes narines. Je perçois encore la douceur de ses mains sur ma peau. Je revois ce regard gris acier me fixer alors que je jouie sans retenue. Bordel de nouille, ce n'est pas à ça que je dois penser mais à son putain de prénom !
— Alexander quelque chose.
— Bon, c'est déjà un bon début. Comment tu m'as dit qu'il s'appelait déjà.
— Je viens justement de dire que je ne m'en souviens plus, soufflé-je en levant les yeux au ciel.
Je me dirige vers une autre table que je dresse également. J'observe Sandy qui sort son téléphone de la poche arrière de son mini short en jean et pianote je ne sais quoi.
— Tu pourrais pas me donner un coup de main plutôt ?
— Bah c'est justement ce que je fais !
Je fronce les sourcils et m'arrête quelques instants. Les cheveux blonds de Sandy cascadent sur ses épaules nues. Sa poitrine est maintenue dans un corset si moulant qu'il doit probablement lui couper le souffle. Sa bouche est recouverte d'un gloss rose fuschia qui lui correspond bien.
— Je cherche ton connard, c'est une aide précieuse.

— On s'en fiche Sandy, les clients ne vont pas tarder à arriver et avec tes bêtises je suis à la bourre.
— Désolée, je suis en mission.
Elle reporte son attention sur son téléphone portable et reprend ses recherches. Je l'abandonne et me dirige vers une autre table en accélérant le rythme. Billy est dans son bureau et s'il sort et réalise que la salle n'est pas prête, nous risquons de passer un sale quart d'heure.
— Donc le prénom ou bien son surnom si tu préfères, c'était quoi ?
Bordel mais elle ne va pas me lâcher avec ça. Pourquoi lui ai-je tout racontéraconter déjà ?
Car c'est ta seule et unique amie...
C'est vrai.
— Ace, reprends-je.
— Ace de trèfle, de carreau, de pique ou bien de cœur ?
Cette fille va me tuer, c'est sûr !
— Il y avait trois prénoms les uns à la suite des autres et je me souviens que le premier était Alexander, il faut peut-être suivre cette piste.
— Bien vu Colombo !
— Tu crois mener une enquête pour le FBI ?
— Et bien écoute si Shemar Moore veut bien venir enquêter avec moi je ne dis pas non.
Je rise sous cape. Si Sandy est un peu timbrée sur les bords, elle me permet aussi de passer des journées plus légères et d'oublier les raisons qui me poussent chaque jour à venir ici pour faire le service, tenir le bar et sentir des mains baladeuses effleurer mon cul comme si de rien n'était.
Les premiers clients arrivent et j'abandonne ma détective du dimanche pour revenir à la vraie vie. Le service s'enchaîne sans

encombre à cette heure de la journée. En règle générale nous avons des routiers ou bien des gens de passage s'arrêtant pour se restaurer alors qu'ils parcourent de nombreux kilomètres. La clientèle est très différente de celle qui vient le soir. Dès que la nuit tombe, les loups sortent. Des hommes dont le besoin de chaire fraiche est palpable. Leur regard affamé, les mains qui les démangent, je les déteste. Je ne porte aucun jugement envers mes collègues qui pratiquent le striptease et je respecte leur choix. J'imagine que parfois il s'agit de la seule solution qui s'offre à nous. J'avoue que l'idée m'a déjà effleurée l'esprit. Pas plus tard que hier soir après le message de Travis. Si le connard en costard n'était pas sorti tout droit de nulle part, j'aurais peut-être faiSre demi-tour pour demander à Billy de me rajouter au planning. Mais je me refuse de franchir cette frontière car après ça, qu'est-ce que ce sera ? Je sais que certainescertaine d'entre elles offrent des danses privées très bien payées tandis que d'autres vont jusqu'à écarter les cuisses pour de l'argent. J'avoue que ce matin, j'ai d'ailleurs eu peur que Ace sorte une liasse de billetsbillet qu'il aurait jeté sur le lit pour me remercier de la nuit, mais finalement son comportement était tout comme. Son côté hautain, l'amusement de la situation qui animait son regard, tout en lui dégageait le fric et la puissance. Tout ce que je déteste.

— Baby !

Je sursaute quand Sandy arrive près de moi en me hurlant dessus. Je me tourne vers elle en la fixant sévèrement. Ca ne va pas bien la tête !

— Est-ce que Alexander Charles Edward te de parle ?

Je ferme les yeux, inspire fortement et hausse les épaules.

— Peut-être que c'est ça, j'en sais rien.

— C'est ça, me dit-elle l'air grave.

Quoi… C’est qui ce mec pour qu’elle tire une tronche à dix mètres de long ? Et merde ! Et si jamais c’était un dangereux psychopathe ou un ex tueur en série ? Non… Les filles de ce matin n’auraient pas réclamé un autographe et n'auraientn’aurait pas mouillé leur culotte dès qu’elles étaient trop prochesproche de lui. Non, je n’ai pas été vérifier l’état de leur lingerie mais c’était flagrant. Mais en même temps, je suis sûr que si Jeffrey Damer était encore en vie, une ou deux cinglées seraient capables de coucher avec après la série sortie sur Netflix. J’ai d’ailleurs vu qu’à Halloween dernier, des idiots s'étaients’était déguisésdéguisé en lui. Comment peut-on vouloir représenter un tueur en série ? Mais alors que mon esprit divague de plus en plus, Sandy me ramène à l’instant présent.

— Je l’ai trouvé Baby.

— Oui et alors ?

— Alors c’est lui !

Elle tend son téléphone portable et j’avise l’homme qui se trouvait pas plus tard que ce matin entre mes cuisses. La photo le met en valeur c’est indéniable. Sexy à souhait il porte l’un de ses costumes sur mesure qui lui va si bien et son sourire insolent est plaqué sur ses lèvres. Mais alors que je m’empare de l’appareil et fais abstraction du client qui requiert mon attention, c’est la description de la photo qui attire la mienne.

Alexander Charles Edward, prince héritier.

Oh my god !

Chapitre 10 – Ace

Mon pied tape frénétiquement contre la moquette épaisse du jet privé. Le regard dans le vague, j’observe les nuages sans savoir réellement ce que je fixe. Je suis perdu dans mes pensées, me rappelle en boucle de cette nuit que j'ai partagé avec cette fille. Je ne sais pas pourquoi je n'arrive pas à me la sortir de la tête, c'est incompréhensible. Est-ce sa ressemblance avec Sofia ? Très certainement. Néanmoins, si ce n'est un physique similaire, elles n'ont rien à voir au niveau du caractère. Du moins, de ce qu'elle m'a laissé entrevoir.

— A quoi est-ce que tu penses Alex ?

Je tourne la tête vers Paul qui m'observe étrangement. Il est vrai que je n'ai pas prononcé un mot depuis l'instant où j'ai posé mon cul dans ce fauteuil.

— Rien, je suis crevé c'est tout.

En réalité, j'ai pris une tonne de médicaments pour m'aider à dormir durant le vol mais si ce n'est somnoler, je n'arrive pas à trouver le sommeil. Dès que je ferme les yeux, c'est à cette fille que je pense. Ses lèvres pulpeuses embrassant mon corps, ses petits seins rebondis que j'aimerais baiser avec ma bouche, son cul parfait que j'aurais adoré prendre. Je ne saurais jamais quelle sensation ça fait d'être à cet endroit-là et j'avoue que je ressens une pointe de frustration à cette idée. Qu'est-ce que j'aurais aimé la faire crier de cette manière...

— Quand bien même, je t'ai déjà connu plus loquace. Quelque chose te tracasse ?

Il me gonfle. Si cette nuit était au-delà de mes attentes et que depuis, je ne fais qu'y penser, ce n'est pas l'unique raison de mon silence. Le mariage de mon frère ne me plaît pas. La femme qu'il a choisi d'épouser est la cousine de mon ex. Cela aurait pu être un mariage d'amour et je n'y aurais vu aucun inconvénient mais je sais qu'il s'agit d'un mariage de convenance. Pour faire bonne figure et agrandir nos relations diplomatiques. A quoi bon à notre époque ? Parfois j'ai l'impression que mon père dans une ère beaucoup trop ancienne. Les choses ont changé et désormais nous n'avons plus aucun pouvoir sur les directives données à notre pays. La monarchie a été abolie en 1789 et pourtant j'ai le sentiment que mon père serait prêt à régner comme ses ancêtres le faisaient.

— Ne vas rien imaginer. Je suis seulement légèrement stressé à l'idée que mon frère se marie.

Il lève les yeux au ciel en fuyant mon regard. Est-ce qu'il me croit ? J'espère. Je ne suis pas enclin à taper la conversation pour parler de mes états d'âmes. Si je suis en effet inquiet de me retrouver à la cérémonie de mariage de mon frère et de tomber dans ce bal d'hypocrite oùu ma mère saluera mon ex qui aura sucé mon père quelques minutes avant, autre chose me perturbe. Peut-être l'impression de prendre part moi aussi à cette hypocrisie constante ? Le fait qu'une fois de plus je ne me sentirais pas à ma place dans cet univers dans lequel j'ai pourtant baigné. J'en sais trop rien.

— Tu penses encore à cette fille ? me demande-t-il sans me regarder.

Je me demande s'il s'agit d'une question ou d'une affirmation. Aussi, je ne prends pas la peine de répondre et visiblement mon silence lui convient.

L'avion amorce son atterrissage et je me cramponne malgré moi aux accoudoirs du sur siège. Ma respiration se coupe et mon cœur se serre. Je déteste l'avion !

— Tu sais, il serait grand temps que tu tournes la page. Je sais que Sofia t'a blessé et que tu t'es senti humilié mais tu es simplement tombé sur la mauvaise fille.

Je le fusille du regard mais Paul ne m'accorde pas le sien. Franchement, ce n'est vraiment pas le moment pour aborder le sujet.

— Ça n'aCa n'a rien à voir.

Bien-sûr que mon passé avec Sofia influe le cours de ma vie aujourd'hui. Je suis contre toute forme d'engagement car j'ai trop peur d'être une nouvelle fois déçue. Mais si je me sens si mal à cet instant, c'est uniquement à cause de ce putain d'avion ! On a beau dire qu'il s'agit du moyen le plus sûr de locomotion, quand un pépin arrive, c'est rare qu'on y survive ! J'aime maîtriser les choses et je déteste perdre le contrôle.

L'avion se pose au sol, la secousse me fait grincer des dentsux. Je ferme les yeux quelques secondes comme pour encaisser l'atterrissage qui me terrifie bien plus qu'il ne le devrait.

— Tu ne t'y feras toujours pas.

Ah ! Miracle ! Il a enfin compris que ça n'avait rien à voir avec elle. Je me tourne vers lui, sans lâcher les accoudoirs. Mes doigts s'enfonçant dans le cuir au point d'y laisser probablement des marques.

— Non, j'ai beau prendre l'avion à mainte reprise, c'est toujours une galère, réponds-je en soufflant.

— Je ne te parle pas de ça.

Son ton est plus dur qu'il ne l'était. Et voilà qu'il recommence. Je lève les yeux au ciel, blasé de devoir continuer sur ce terrain-là.

— Arrête de me saouler avec ça. Vos dictats je m'en fou royalement et sans mauvais jeux de mots ! Personne ne me dictera ma conduite et dans quel sens doit se diriger ma vie.

— Il va falloir que tu grandisses Alex et surtout que tu prennes tes responsabilités.

Cette fois-ci, alors que l'avion roule tranquillement sur le tarmac pour aller s'approcher de la zone de débarquatssions, je relâche ma prise sur les accoudoirs et le fusille du regard.

— Je n'ai aucune responsabilité à prendre, tu m'entends ?! C'est mon frère qui règnera si on peut dire ça comme ça vu l'époque à laquelle nous vivons. Je n'ai pas ma place dans toute cette mascarade et ça ne changera pas mise à part si tu comptes tuer mon frère ?

J'arque un sourcil, attend sa réponse. Va-t-il m'apprendre qu'il manigancemanigeance un plan pour tuer mon père puis mon frère ? Non car si c'est ça, je vais vraiment finir par le prendre pour un malade ! Paul a beau être mon ami depuis toujours, je sais également que sa place dans les échelons de la monarchie lui est précieuse. Aussi, j'attends une réponse.

— Bien-sûr que non, dit-il en soufflant. Mais tu ne peux pas te laisser aller sous prétexte que Sofia t'a humilié et que dans tous les cas, tu n'auras jamais ta place sur le trône. Tu dois avoir une vision globale et plus large.

Il me gonfle !

Je quitte mon siège et descend en premier de l'avion. Je sais que ce n'est pas notre protocole. En plus d'être mon assistant, Paul se charge également de ma sécurité et il lui convient toujours d'explorer les lieux avant que je ne m'y engouffre car un attentat peut vite arriver. A cet instant, je m'en cogne ! J'ai juste besoin de prendre l'air.

— Alexander Charles Andrew ! Votre altesse !

Et voilà qu'il recommence. Putain mais qu'est-ce qu'il me gonfle ! Parfois, quand il m'appelle de cette manière, j'ai vraiment l'impression d'être face à Stephan Bern. Très agréable mais ses connaissances sur ma propre famille me dépassent et me font flipper. Il est passionné par le sujet, ça ne fait aucun doute, mais personnellement je le vois plus comme un psychopathe.

— Lâche-moi, mon frère m'attend.

Et c'est vrai. Avec ma petite partie de jambe en l'air et surtout le fait d'avoir remis ça dès ce matin, je reconnais que je suis un peu à la bourre. Chose compliquée, je n'ai pas réussi à fermer l'œil durant le vol malgré les anxiolytiques et je n'ai qu'une envie, m'effondrer dans mon lit pour ne plus parler à personne et rester dans ma bulle. Mais c'est impossible.

Impossible car aujourd'hui le Prince se mari et je suis son seul et unique témoin.

Chapitre 11 - Ace

— Il était temps !

Mon frère est face au miroir et noue autour de son cou un nœud papillon. Je m'approche de lui, d'un pas las. Je n'ai aucune envie d'être là et pourtant je sais que c'est ici qu'est ma place. Je me place face à lui, accuse ses reproches bien mérités et l'aide à se préparer.

— Vaut mieux tard que jamais non ?

— Quand vas-tu prendre lesprendre un peu les choses aux sérieux?.

J'ai bien envie de lui dire que lorsque je me trouvais entre les cuisses de Baby, j'étais hyper sérieux. Mais je m'abstiens, ce n'est ni le lieu ni le moment.

— Toi, t'as rencontré quelqu'un !

Et merde ! Voilà que lui aussi va s'y mettre. J'ai déjà réussi à me débarrasser de Paul, ce n'est pas pour me taper un nouveau serment de mon frère.

— Non, j'ai baisé c'est tout.

— Ca devait être un super bon coup vu la gueule que tu tires.

Je ferme les yeux, inspire. C'est vrai que c'était bon.

— C'est pas la question. Alors, pas trop nerveux ?

Un voile de tristesse passe dans son regard. Je n'aime pas ça. Mon frère est à l'initiative de cette union, pour la première fois de sa vie, il a pris une décision sans suivre les directives de mon père. Bien que cela enchante le roi que mon frère épouse cette jeune femme, la demande vient de mon frère.

— J'imagine que tous les hommes sont dans le même état que moi avant de se faire passer la corde au cou.

— Rien que cette expression veut tout dire.

Je m'éloigne de lui et me dirige vers le lit où m'attend le costume de cérémonie que je dois porter. Pour ma part, aucun nœud papillon. Je porte un costume sombre noué au niveau du col dans un col mao et les nombreuses distinctions que j'ai reçu du temps de l'armée ornentorne mon veston. Du bout du doigt je touche les broches en métal avec une pointe dans ma poitrine en me ramenant à cette époque. Parfois, j'ai l'impression que c'était dans une autre vie. Je suis partie après avoir découvert que Sofia me trompait. J'avais besoin de m'éloigner d'ici, de faire quelque chose de ma vie et surtout d'avoir le sentiment d'appartenir à une véritable famille. Là-bas, je n'étais pas le prince de... J'étais un agent puis un sergent.

La porte s'ouvre soudainement sur l'un des intendants du palais. Je lève les yeux vers lui, surpris de découvrir qu'il entre sans frapper.

— Oh... Je suis vraiment navré votre altesse.

L'homme en question me fixe avec surprise et reporte enfin son attention sur mon frère. Je sais que je l'ai déjà croisé ici et pourtant, je suis incapable de dire ce qu'il fait ou comment il s'appelle. Il faut dire qu'il y a énormément de monde qui travaille ici et les vas-et-viens m'ont vite habitué à ne pas m'attacher aux gens. Néanmoins, alors que mon regard alterne entre l'homme et mon frère, je perçois une complicité étrange.

Une sorte de fil invisible les relie sans que je ne sache de quoi il s'agit. A cet instant, une sensation désagréable court dans mon corps. Désagréable car j'ai l'impression de faire face à quelque chose qui me dérange. Ce n'est pas un simple lien de roi face à son subalterne. Il y a une complicité particulière, des sentiments, une attraction. Mon frère et cet homme seraient-ils intimes ?

— Je suis désolé, répète l'homme

— Je suis désolé aussi, dit enfin mon frère d'une voix plus grave.

Je ne sais pas à quoi j'assiste mais ça ne me plaît pas. L'individu quitte la pièce et je me tourne vers mon frère en l'affrontant durement.

— Tu m'expliques ?

Il se détourne et je remarque ses épaules se voûtervouter. Je m'approche de lui et le force à se retourner pour me regarder mais je vois une telle tristesse et une acceptation dénigrée que cela me déchire.

— Qu'est-ce qu'il se passe avec cet homme ?

Ma voix est moins dure qu'elle ne l'était avec ma précédente question. Je n'aime pas savoir que mon frère se force à épouser cette femme pour de mauvaises raisons.

— Laisse-tomber Alex, tout est terminé...

Ces yeux se voilent de larmes et redouble ma colère. Comment peut-il se résigner à ce point ? A présent, c'est comme si tout devenait plus clair dans ma tête. Mon frère aime un autre homme et il ne se sent pas prêt ni capable de l'avouer à notre père. Il préfère épouser une femme pour cacher les sentiments qu'il éprouve envers un autre homme. Ça aurait pu être elle ou une autre, la femme n'avait pas d'importance alors il a choisi celle qui pouvait le plus servir à notre père. Bordel de merde ! Il ne peut pas faire ça. Je ne peux pas le laisser faire !

— Tu l'aimes ?! Réponds-moi Stan !

Je m'accroche à ses épaules et le secoue comme un prunier. Peut-être suis-je un peu trop brusque mais cette situation m'attriste autant qu'elle m'énerve.

— Oui je l'aime mais qu'est-ce que ça change ce que je ressens ?

Quelque chose se fissure en moi sans que je n'en saisisse bien les raisons. Je n'ai jamais été particulièrement proche de mon frère et pourtant, je ne peux le laisser suivre cette voie qui n'est pas la sienne. Comment peut-on renoncer à l'amour pour des principes qui sont dépassés ? L'homosexualité bien que mal vu dans notre monde est quelque chose de courant à présent. Les hommes et les femmes qui aiment des individus du même sexe peuvent même se marier. Alors pourquoi la monarchie ne se met-elle pas à la page ?

Car on a jamais vu deux rois ou deux reines...

Je suis tellement en colère contre cette injustice que je n'arrive pas à garder mon calme. Bien que je me refuse à présent à l'amour après cette trahison, je ne peux pas refuser que mon frère suive ce chemin. Il mérite d'être heureux.

— Et qu'est-ce que tu veux que je fasse au juste ?

La colère s'empare de lui à présent et je crois que je préfère ça. Il vaut mieux être énervé que ne rien ressentir ! Là, il s'apprêtait à s'enfermer dans la même bulle anesthésiante que celle dans laquelle je me trouvais. Dans laquelle je me trouvais avant de croiser son regard...

— Assumer, lui dis-je avec douceur.

Cette fois, mon frère part dans un rire grave sans dissimuler la colère qui l'anime.

— Assumer tu dis ? Et donc j'abandonne tout pour un mec ? Punaise mais redescend un peu sur terre ! Si toi tu renies tout ce qui nous compose c'est ton choix, mais ce n'est pas le mien.

— Et donc tu préfères passer à côté de l'amour de ta vie juste pour un rôle que tu n'auras probablement jamais?.

— Tu ne comprends toujours pas, me dit-il blasé.

— Non, en effet je ne te comprends pas. Si j'avais l'occasion d'être heureux, crois-moi que je saisirais l'opportunité.

— Et donc parce que Sofia t'a trahi, tu te refuses à toutes femmes qui tentent de te découvrir. Si je suis un lâche de ne pas être avec lui, tu l'es tout autant en forniquant avec des femmes sans les laisser entrevoir qui tu es vraiment.

— Elles ne cherchent rien de plus crois-moi.

— ça c'est ce que tu penses. Elles ne sont pas toutes intéressées par ton titre ni par ton gros sexe.

La situation s'allège et je dois avouer que les paroles de mon frère résonnent en moi. Surtout après la nuit de la veille. Baby ne savait pas qui j'étais et pourtant elle s'est offerte à moi sans rien dissimuler. Mais tout était clair entre nous. Une nuit et rien de plus et ça semblait parfaitement lui convenir. Quoi qu'il en soit, je ne le saurais jamais.

— Je vais épouser cette femme Alex, me dit-il en se convainquant lui-même.

— Tu fais une erreur. Souhaites-tu réellement vivre comme notre père ? As-tu pensé à notre mère et à ta future femme ? N'as-tu pas vu combien notre mère est devenue l'ombre d'elle-même depuis que Sofia se tape notre père ? Est-ce ça que tu veux ?

Mon frère est un homme droit et fort. Pourtant, je crois ne l'avoir jamais vu aussi abattu.

— J'ai besoin d'être seul s'il te plaît.

— Dois-je m'habiller ? lui dis-je enfin.

Il prend une profonde inspiration et se tourne. Face au miroir, il contemple son reflet et je comprends que ce qu'il voit ne lui plaît pas.

— Sors, répète-t-il sans répondre à ma question.

— Très bien, je ne serais pas loin.

Je quitte la pièce sans savoir quelle décision va prendre mon frère…

Chapitre 12 - Ace

Mon costume m'a été livré dans ma chambre et je dois reconnaître que je trépigne sur place. J'avise les grands tableaux qui ornent les murs où la famille royale est représentée. Les bras croisés dans le dos, mes mains attachées l'une à l'autre, je détaille ces fresques avec énormément de honte et de colère. Comment mon frère peut-il faire abstraction de ses sentiments pour servir la couronne ?

— Votre Altesse.

Je me tourne vers Paul qui vient de rentrer dans ma chambre sans y avoir été invité. Il porte un costume sombre et l'oreillette blanche dissimuléedissimulé sous sa veste remonte dans son cou.

— Nous sommes seuls Paul.

A ces mots il opine, comprenant que nous pouvons parler sans protocole ni barrière. Il referme les deux grosses portes blanches ornées de moulures puis se tourne vers moi.

— Ton frère a indiqué à ton père qu'il souhaitait s'entretenir avec lui.

Je sais que de manière masquée, il me demande ce qu'il se passe. Bien que cela ne le regarde pas, j'ai également besoin de me confier. Mais je ne peux pas lui révéler le secret de mon frère, surtout pas ses penchants sexuels. Dans le cas où le Prince choisirait d'épouser cette femme, j'emporterais son secret dans ma tombe car je refuse d'entacher sa réputation. S'il désire se fourvoyer en épousant la mauvaise personne, cela le regarde. J'ai bien tenté de le convaincre et de lui donner mon avis, il sera seul à prendre cette décision.

— J'imagine qu'il s'agit là du stresse du mariage, dis-je en haussant les épaules.

— Je sais que ça ne me regarde pas mais j'ai fait quelquesquelque recherchesrecherche sur la fille de Vegas.

Cette fois, il m'intéresse. Qu'a-t-il pu trouver au juste sur elle et surtout, pourquoi a-t-il pris cette initiative ? Je ne lui ai rien demandé mais la curiosité me gagne et j'ai envie de savoir ce qu'il en est.

— Pourquoi as-tu fait ça ?

— J'assure ta sécurité, c'est normal que je me renseigne sur les gens que tu fréquentes.

Le protocole, j'oubliais.

— Je t'écoute.

— Alors elle s'appelle Abbygaël Smith, elle a toujours vécu dans le Nevada et elle a été mariée très jeune. Elle a un petit garçon et travaille au Red Room depuis maintenant deux ans en tant que serveuse.

— Sais-tu si elle danse ?

— Pas d'après mes sources. Elle a été avec un homme durant de nombreuses années, un certain Travis Cold qui a de nombreux contacts hauts placés. D'après ce que j'ai trouvé, une plainte a été déposé contre elle pour enlèvement d'enfant mais je n'en sais pas plus. Elle n'a pas d'autres antécédents judiciaires, a très peu d'amis et passe ses journées et ses nuits dans ce bar où tu l'as rencontré.

Cette fille est vraiment une énigme néanmoins je raccorde les wagons de son histoire dans ma tête. La conversation qu'elle avait quand j'ai débarqué dans la petite cour, j'étais persuadé qu'il s'agissait d'un autre homme mais j'ai sûrement fait erreur. C'était peut-être son fils.

— Pourquoi me dis-tu tout ça ? Ce n'est pas dans tes habitudes de faire des dossiers sur toutes les filles avec qui je baise.

— Car c'est la première fois depuis des années que je voyais dans tes yeux cette lueur malicieuse que je ne voyais plus.

Je fronce les sourcils et hoche la tête de gauche à droite. Il dit vraiment que des conneries. Cette fille ne représentait rien de plus que toutes les autres avant elle. C'était sympa mais pas de là à en faire toute une histoire.

— Merci Paul.

— Je t'en prie, c'est mon travail. Puis-je t'êtred'être utile d'une autre manière ?

— Oui, je ne veux que personne entende parler de cette histoire.

— Bien entendu. Autre chose ?

— Non.

—Dans ce cas je vais te laisser te préparer. Je ne serais pas loin si tu as besoin.

Il baisse la tête dans un geste cérémonial puis quitte ma chambre me laissant une fois de plus seul face à mes doutes et mes questions. Je me dirige vers mon lit et commence à me dévêtir. Je passe mon t-shirt par-dessus ma tête et m'apprête à attraper ma chemise quand la porte s'ouvre de nouveau.

— Je n'ai besoin de rien Paul, lui dis-je sans me retourner.

— Alex, je peux me permettre une remarque.

Je reste les yeux rivés sur mon costume tout en m'attaquant à la ceinture de mon pantalon.

Mais alors que j'entends les grosses portes en bois se refermer et des talons claquer contre le parquet en bois massif, je me retourne rapidement. Ce n'est pas Paul qui se trouve face à moi mais Sofia. Je ne l'ai pas vu depuis plusieurs mois, faisant mon possible pour l'éviter du mieux que je pouvais. Mes différents voyages aux quatre coins du monde au prétexte de lien diplomatique n'avaient en réalité que pour but de ne pas la voir. Mais à présent face à elle, j'ai l'impression de perdre tout aplomb et de redevenir l'espace de quelques secondes le gamin imbécile que j'étais, éperdument amoureux d'elle.

— Ton corps est encore plus beau que dans mes souvenirs.

Ses cheveux bruns maintenus à l'aide d'un diadème en pierres précieuses cascadent sur le devant de sa poitrine. Elle porte une robe prune qui lui va merveilleusement bien. Chacune de ses formes est épousée à la perfection et son maquillage discret révèle sa beauté tout en dissimulant ce masque de perfidie que je vois désormais.

— Que veux-tu Sofia ? Tu n'as rien à faire ici.

Je tente de paraître sûr de moi et pourtant je sens mon corps trembler comme une feuille. J'ai beau être fière, mon corps est toujours autant attiré par cette femme. Néanmoins, le dégoût que j'éprouve pour elle est à la hauteur du désir qui coule encore dans mes veines.

— Je venais voir comment le second héritier au trône se sentait.

Je grince des dents en l'entendant me rappeler quelle est ma place. Cette femme n'en avait qu'à ma position et ne s'intéressait pas à moi. Pourtant, j'y ai cru. Vraiment. J'étais totalement amoureux d'elle mais elle m'a trompé. Si j'avais été à la place de mon frère, je suis certain que Sofia aurait assouvi le moindre de mes désirs. Elle aurait été auprès de moi coûte que coûte et n'aurait jamais fini dans le lit du roi. Mais ce qu'elle aime, c'est le pouvoir et elle savait qu'avec moi, elle n'en aurait pas.

— Sors de là tout de suite Sofia.

Elle rompt la distance qui nous sépare, se tenant tellement proche de moi que j'arrive à sentir les effluves de son parfum de vanille remplir mon environnement. Si autrefois j'adorais cette odeur, je l'exècre à présent.

— Tu m'as l'air si tendu Alex... Est-ce que je peux faire quelque chose pour toi...

Elle lève une main vers mon visage mais je l'immobilise immédiatement. Je ne supporte pas son comportement mesquin et cette perfidie se lit dans son regard noisette. A quoi joue-t-elle au juste ?

— Mon père t'a dégagé de son lit car il avait mieux à faire ?

Son sourire s'évanouits'évanouie et me prouve que mes paroles ne sont pas totalement fausses. Le roi ne s'est intéressé à elle que pour me blesser et me prouver que ce n'était pas une fille pour moi. A ces yeux, je devais m'engager dans le corps militaire afin d'améliorer l'image de la famille royale. Il savait très bien qu'avec Sofia dans mes bras, je ne me serais jamais résolu à l'abandonner pour partir au front. Malheureusement pour moi, ou peut-être heureusement car cela m'a permis d'ouvrir les yeux, elle n'a pas été bien difficile à convaincre et alors que j'étais demandé dans les appartements privés de mon père, je les ai surpris. Le choc était tel que j'ai immédiatement fui le palais et me suis engagé dans l'armée. Non pas pour faire plaisir à mon père mais uniquement pour étouffer cette colère et ce chagrin qui me bouffait littéralement de l'intérieur.

— Je n’ai jamais compris pourquoi tu te montrais si vieux jeux. Après tout, on aurait pu continuer notre petite affaire, je n’ai fait qu’exécuter les ordres de ton père.

— Donc te prostituer faisaitfaisaient partie de tes obligations envers la couronne ? sifflé-je entre mes dents.

— En effet, c’est monnaie courante dans le palais, ne fais pas l’étonnéer.

Cette fille me dégoûte. Je ne sais pas comment j’ai réussi à tomber amoureux d’elle. J’étais aveuglé par mes sentiments, par ce qu’elle me laissait entrevoir, par le fait qu’elle était la première femme qui se donnait à moi.

— Dégage de là !

Je relâche son poignet un peu trop brusquement et fais un pas en arrière pour m’éloigner d’elle.

— Vos désirs sont des ordres votre Altesse mais si vous désirez une petite pipe, n’hésitez pas à faire appel à moi.

Sofia fait une petite révérence puis se retourne pour me laisser seul. Dès l’instant où elle referme les portes de la chambre, je pète les plombs. J’attrape la carafe en cristal disposée sur un petit guéridon Louis XV et me verse un verre de whisky sec que j’avale d’une gorgée. Je ne sais pas si c’est la présence de Sofia qui me ramène à Vegas mais les paroles de Baby me reviennent en mémoire. « Vous le prendrez avec quelque chose ? ». Là encore j’ai foiré. J’ai couché avec cette fille uniquement parce qu’elle lui ressemblait et je lui ai fait du mal le lendemain matin pour exactement les mêmes raisons. De colère, je fais exploser le verre contre le mur de ma chambre et lâche un grognement dû à la frustration que j’éprouve.

Cette journée est vraiment pourrie !

Je me résous finalement à enfiler mon costume bien que j'aurais aimé que mon frère prenne enfin ses responsabilités et qu'il se comporte comme l'homme qu'il est.

Chapitre 13 - Abby

Tout le monde ne parle que de ça ! Le Prince héritier du trône a annulé son mariage pour révéler au monde entier qu'il était homosexuel. Pour un scoop, c'en est un !

En temps normal, je pense que je ne me serais même pas intéressée par une telle nouvelle. Non, c'est même sûr ! J'en ai strictement rien à foutre de la famille royale. Mais depuis que Sandy a découvert que le connard en costard avec qui j'ai couché était un prince, elle traine sur les réseaux sociaux à la recherche de la moindre info. Dire que je n'ai pas regardé serait un mensonge, j'ai également été fouiller sur le net pour en connaître un peu plus sur lui. Si on me le demandait, je nierais tout en bloc car je n'assume pas du tout cette curiosité étrange. Mais le fait est que ce mec a éveillé quelque chose en moi d'étrange et qu'après mon départ précipité de sa chambre, j'ai voulu en savoir plus.

Malheureusement, telle que je m'en doutais, c'est un véritable connard. Il enchaîne les mauvaises presses faisant parler de lui comme de l'enfant rebelle. S'il ne fait pas la une à propos de la drogue ou de l'alcool, on parle plutôt de lui comme d'un goujat avec les femmes. Le sexe étant sa principale activité et où qu'il passe, il brise des cœurs. Heureusement, le mien ayant été réduit en miettes depuis des années, il est resté insensible face à lui ! Partouze, club échangiste, prostituées, tout y passe et ce simple constat me donne des hauts le cœur. J'ai d'ailleurs filé dans un laboratoire pour faire une prise de sang complète de peur d'avoir attrapé une maladie sexuellement transmissible. On a beau s'être protégée les deux fois où nous avons couché ensemble, nos corps étaient en fusion et sans barrière, je me suis déhanchée sur son sexe en le frottant avec vigueur. Rien qu'à ce souvenir, j'en ai la nausée.

Et aussi la culotte humide…

Fait chier !

Je lorgne sur la petite pendule accrochée au mur et réalise que je suis à la bourre. Je me dépêche donc de finir ma tartine de beurre et attrape mon sac pour partir travailler. Je fais un rapide passage par les boîtes aux lettres, le cœur serré. J'ai des dettes par-dessus la tête et malgré le fait que je bosse jours et nuits, je n'arrive pas à sortir la tête de l'eau. Cette fois-ci ne fait pas exception, je viens de recevoir un courrier d'huissier me demandant de régler mon loyer sous huitaine sous peine de perdre mon logement. Merde… Comment vais-je faire ? Si je n'ai plus de toit au-dessus de ma tête, je ne pourrais plus me battre pour la garde de mon fils car aucun juge n'acceptera de me donner mon fils si je suis sans domicile fixe. Les larmes me montent aux yeux et j'inspire à plein poumon pour m'empêcher de pleurer. Je dois rester forte, pour lui…

La journée au Red Room se passe comme tous les autres jours et le service du soir également. J'ai beau sourire aux clients, ce n'est qu'en façade car à l'intérieur de moi se mène un véritable combat. Des questions plein le crâne, des doutes qui m'assaillent, je ne sais plus où donner de la tête.

— Que se passe-t-il beauté ?

Je m'immobilise face à Jeffrey à qui je viens de servir son verre. Jusqu'à maintenant, je crois que je ne l'avais même pas regardé dans les yeux. Cette simple question suffit à bousculer mon état de léthargie et je suis à deux doigts de fondre en larmes. Alors j'inspire de nouveau et sans que je ne sache pourquoi, je me livre.

— Problèmes d'argent… Si je ne paye pas mon loyer je vais être à la rue.

Il grimace. Je tourne la tête vers l'estrade où Sandy est en pleine représentation. Elle ne porte à présent que son string et des hommes lui glissent avec désir des billets dans sa lingerie. Si j'étais à sa place, je pourrais gagner de l'argent. Si j'étais à sa place, je pourrais payer mon loyer. Je devrais céder aux propositions de Billy et ainsi me sortir de la merde dans laquelle je me trouve. Mais rien qu'à voir les hommes la regarder comme un objet ou la toucher comme si elle était leur propriété me file la gerbe. Je ne suis pas assez forte pour faire ça…

— Tu dois beaucoup d'argent ? On peut peut-être s'arranger…

Je sens la main de Jeffrey se poser sur la mienne et je la retire avec un peu trop de véhémence pour paraître naturelle. Je ne sais pas ce que ces paroles sous-entendent mais je n'apprécie pas. Si je ne suis pas capable de danser pour des hommes, je suis encore moins capable d'écarter les cuisses pour de l'argent.

— Je respecte les femmes qui en arrivent là Jeffrey mais ce n'est pas mon cas. Je vais trouver une solution.

Il hausse les épaules et boitbois son verre cul sec sans me lâcher des yeux.

— C'est comme tu veux Baby, mais ça pourrait être un échange de bonsbon procédésprocédé.

Jamais de la vie.

Ne voulant pas créer un malaise avec mon client. Je m'éloigne à l'autre bout du bar pour prendre les consommations d'autres hommes qui patientent. Je me sens sale tout d'un coup, sentant encore le contact de sa main chaude et poisseuse sur la mienne.

— Pourrais-je avoir un verre d'eau s'il vous plaît ?

Je fronce les sourcils et me tourne vers l'homme qui me commande quelque chose pour le moins inhabituelmoins d'inhabituel. Nous ne servons pas d'eau… Bien que notre but est de pousser à la consommation, l'eau n'est pas enregistrée sur la carte. Un soft à la rigueur mais là encore, ça n'arrive jamais. Les hommes qui viennent ici cherchent à s'enivrer dans le sexe età l'alcool.

— Comment ?

Dès l'instant où mes yeux se posent sur lui, je lâche ce que j'avais en main.

— Qu'est-ce que vous foutez là ?

Je le fixe sans cacher l'agacement que j'éprouve de le revoir. Je cherche parmi la foule son patron – si on peut appeler ça comme – mais ne trouve pas trace du prince. Pourquoi est-il ici ? Qu'est-ce qu'il me veut ?

— Je viens pour boire un verre.

— Et bien sachez que nous ne servons pas d'eau, donc si c'est ce que vous recherchez je vous conseille de changer de bar.

Il tente d'esquisser un sourire mais quelque chose me dit que ça ne lui arrive jamais car c'est presque mécanique et surtout pas naturel du tout !

— Je ne peux pas boire d'alcool, servez-vous quelque chose sans ?

Je souffle longuement de mécontentement mais tente de camoufler les sentiments négatifs qu'il m'inspire. Si Billy me surprend, je pourrais me faire passer un savon et je n'ai clairement pas besoin de ça !

— Coca, jus de fruit, cocktail sans alcool ?

— Je prendrais un coca, avec une tranche de citron si possible.

Je me tourne pour remplir un verre et le dépose un peu trop sèchement sur le comptoir en bois. S'il n'y avait pas autant de monde ce soir, je sortirais illico presto derrière pour aller fumer une clope. Malheureusement, l'une des serveuses est malade et je dois donc bosser deux fois plus dur ce soir sans m'octroyer la moindre pause. C'est vraiment la merde !

Je continue de servir les clients et je suis surprise de voir que le larbin du prince a disparu. Je me sens un peu plus légère à ce constat et termine mon service quelques heures plus tard.

Comme à mon habitude, je m'allume une clope sur le chemin qui mène à ma voiture. L'esprit encore embrouillé des mauvaises nouvelles de ce matin, je ne remarque la présence d'un homme qu'au moment où je le percute. Dès l'instant où je sens ses mains se poser sur mes épaules, je panique mais très vite, je croise le regard du larbin du prince et me ressaisis.

— Qu'est-ce que vous me voulez encore ?

— Votre travail vous plaît Abbygail ?

J'ai presque envie de rire quand je l'entends prononcer mon prénom. Personne ne m'appelle comme ça. Mais je rirais à gorge déployée justement si quelqu'un savait quel était mon véritable prénom. Ce mec sait qui je suis et je n'aime pas ça !

— Bordel de merde mais foutez-moi la paix !

— J'ai un travail à vous proposer. Un travail très bien payé.

A ces mots, je n'arrive pas à masquer la colère qui m'anime. Je m'éloigne de lui rapidement et le fixe avec mépris. C'est quoi son délire au juste ? Il veut également me payer pour écarter les cuisses ? J'ai refusé la proposition de Jeffrey tout à l'heure et même si son prince est un putain de bon coup au pieu, il est hors de question que je réitère l'expérience contre de l'argent.

— Je ne baiserais pas avec le prince.

— Ce n'est pas ce que je vous propose, me dit-il du tac-o-tac.

Oh merde… Il veut peut-être que je couche avec lui dans ce cas ? Mais ils ont quoi les mecs ce soir ? Instinctivement, je lève les yeux vers le ciel et vérifie que ce n'est pas la pleine lune. Non, juste un croissant. Alors c'est quoi le truc.

— Qu'est-ce que vous me proposez dans ce cas ?

— Du travail, à la cour du roi. Nous avons besoin de vous. Vous trouverez tous les détails dans cette enveloppe. Je vous laisse jusqu'à demain matin pour y réfléchir.

Il sort de sa veste ladite enveloppe qu'il me tend. D'une main fébrile, je m'en saisis et dès l'instant où je tiens le morceau de papier entre mes doigts, il s'éloigne de moi en me souhaitant une bonne nuit et en m'invitant à réfléchir.

Mais qu'est-ce que c'est que cette histoire, encore ?!

Chapitre 14 – Abby

J'aurai pu ouvrir l'enveloppe dès l'instant où je m'étais engouffrée dans le véhicule et pourtant, je n'ai rien fait. J'ai fixé le tas de papier renfermé dans son emballage avec méfiance, comme si d'une minute à l'autre, ça pouvait m'exploser en pleine gueule. Mais à présent, seule chez moi, je ne peux me résoudre à l'ignorer.

Je m'installe confortablement dans mon petit canapé deux places et ouvre précieusement l'enveloppe. J'ai presque envie de rire quand je réalise qu'elle est scellée par un sceau en cire portant l'écusson de la famille royale. Ça fait tellement kitch ! Un mail aurait tout aussi bien fait l'affaire. Néanmoins, cela me ramène dans le vif du sujet. Qu'est-ce que le Prince attend de moi ?

La première chose sur laquelle je tombe est une photo de la presse du journal de demain et quand je réalise à quand elle remonte et quels sont les acteurs qui posent en une de la couverture, mon cœur loupe un battement. Quand ont-ils pu prendre ce cliché ? Dessus, il n'est pas réellement possible de me reconnaître, du moins si on ne m'a jamais vu nu. On voit le connard en costard allongé dans sa chambre d'hôtel, une jeune femme – moi - entièrement nue, le chevauchant sans aucune gêne. Si on ne voit en aucun cas ma poitrine ou mon visage, on peut néanmoins remarquer sans aucune difficulté ma chute de rein et le tatouage qui découle sur ma colonne vertébrale. Ont-ils d'autresd'autre clichés de ce moment-là ? Ce simple constat me donne des hauts le cœur. Je me suis donnée en spectacle et ce sans le savoir ! Moi qui refuse de danser sur la scène de Billy, voilà que dès demain des milliers de personnes découvriront mon corps nu – bien que de dos – à leur réveil. C'est quand même l'hôpital qui se fout de la charité. Le gros titre qui accompagne la photo me glace « Si le Prince héritier est gay, son frère lui ne se gêne pas pour enchaîner les conquêtes ». Je découvre d'autres unes de journaux internationaux et je suis forcée de sortir mon téléphone portable pour en découvrir les titres. Ils sont tous plus ou moins semblables et par miracle aucun d'eux ne montre mon visage. L'un d'eux attire mon attention « qui est cette jeune femme qui a fait chavirer le cœur du Prince ? ». Et merde ! Ils vont chercher à savoir qui je suis ! Bordel j'aurais mieux fait de me péter la jambe le soir où j'ai décidé de le suivre ! Qu'est-ce qu'il m'a prit de suivre les conseils de Sandy et de choisir de me faire dépoussiérer l'entrejambe, j'aurais dû continuer de m'enfermer dans cette bulle de chasteté l'espace de quelques mois encore. Tout ça dans l'unique but de retrouver la garde de mon fils.

J'inspire fortement, tente de refouler la colère et la honte qui m'assaillent.

Je découvre ensuite une lettre manuscrite, en anglais. Elle provient du chargé de l'image de la famille royale. Tout ça me semble tellement dépassé et en même temps, je suis forcée de la lire pour savoir de quoi il s'agit.

« Chère Abbygaïl Smith,

Nous vous proposons un contrat de trois mois pour accompagner le Prince à toutes ses représentations publiques. L'héritier au trône ayant été destitué de ses fonctions suite aux récentes révélations, il est essentiel que le nouveau prince renvoi une image positive et suite à l'image de vous qui a fuité dans la presse, il nous semble important que ce soit vous. Les termes du contrat se trouventtrouve en annexe de la présente lettre et nous comptons sur vous pour préserver la monarchie. »

Les doigts tremblants, je lis les quelques mots écrits à la main sans trop savoir si je suis en plein rêve ou en plein cauchemar. Qu'est-ce que c'est que ce délire ?

Je découvre effectivement un contrat qui ressemble à quelques traits à un contrat de travail. L'écusson de la famille royale trône en haut du document, les informations relatives à mon identité sont notéesnotés en margemarges du présent document.

LES PARTIES ONT CONVENU CE QUI SUIT

1 – Mademoiselle Smith deviendra la femme de compagnie du Prince héritier, Alexander Charles Edward. Le présent contrat est conclu pour une durée de trois mois.

What the Fuck ! Femme de compagnie, et puis quoi encore ?

2 – Mademoiselle Smith devra suivre le Prince héritier dans tous ses déplacements personnels ou professionnels. Elle devra avoir un comportement exemplaire et se référer au protocole joint en annexe au présent contrat.

Bordel, c'est ça toutes les pages en plus qu'il y a derrière ? Mais il va me falloir toute une vievue pour étudier tout ça. Enfin ça, c'est uniquement dans l'objectif oùu j'accepterais cette proposition et c'est loin d'être le cas !

3 – L'objectif fondamental de ce contrat est de travailler l'image positive du Prince héritier, Alexander Charles Edward.

Et donc moi, je suis la mieux placée pour redorer l'image du connard en costard ? Je pense qu'ils ont fait appel à la mauvaise personne.

4 – Mademoiselle Smith percevra la somme de dix mille dollars chaque mois révolus.

A cet instant, j'ai l'impression d'être une pute. Pute de luxe au vu du montant, certescerte, mais pute quand même !

5 – Le présent contrat a pour but d'améliorer l'image du prince et aucun rapport sexuel n'est exigé de la part de Mademoiselle Smith.

Quelle bonté d'âme !

Néanmoins, dans le cas où les deux personnes sont consentantes, il conviendra à chacune des parties de réaliser des tests de dépistage contre le VIH et toutes maladies sexuellement transmissibles.

Alléluia, je me sentais déjà comme une prostituée mais je me trompais, j'ai le droit de baiser si je suis consentante ! Non mais sérieusement, pour qui est-ce qu'ils me prennent ? Et puis leur idée de test, ils feraient mieux de le renvoyer à leur cher prince, ce n'est pas moi qui couche chaque soir avec une personne différente. Quel connard !

6 – Mademoiselle Smith devra obligatoirement être sous contraception orale toute la durée du présent contrat. Dans le cas où une grossesse est révélée, elle devra impérativement avorter.

Mon cœur de maman saigne à ces mots. Il est hors de question que le connard en costard ou prince de mes couilles espère ne serait-ce qu'une seconde coucher une nouvelle fois avec moi. Mais la simple éventualité que ce soit le cas et qu'ils me forcent à abandonner cet enfant me file la gerbe. Ils sont vraiment timbrés !

7 – Les droits à l'image de Madame Smith seront entièrement cédés à la famille Royale et elle ne pourra en aucun cas publier de photographies ou transmettre des images à la presse sans en avoir averti préalablement la communication interne de la couronne.

8 – Mademoiselle Smith ne devra en aucun cas avoir des contacts avec son entourage proche durant toute la durée du contrat. Elle devra être au service exclusif de la couronne et du Prince.

Bordel de merde, et puis quoi encore ? M'interdire de parler à mon fils est au-dessus de mes forces, c'est juste impossible !

9 - Dans le cas où Madame Smith mettrait un terme prématuré au présent contrat ou bien si son comportement portait préjudice à la Monarchie, toutes les sommes déjà versées seraient intégralement remboursées à la famille royale.

10 – A l'issue des trois mois révolus, Mademoiselle Smith mettra un terme à sa relation fictive avec le Prince sans jamais

entacher l'image de ce dernier. Elle devra prétexter un mal être de son éloignement à son pays.

11 – Le Prince ne devra en aucun cas connaître les termes exacts de ce contrat et notamment la dixième clause.

C'est juste hors de question ! Bien que j'ai réellement besoin de ses trente milles dollars, j'ai une certaine fierté quand même ! Et puis c'est quoi leur délire de me museler durant ces trois mois ? Genre, je n'ai pas le droit de parler à quiconque ?! Ce sont des grands malades. C'est mort, je ne signerais jamais ce contrat. JAMAIS !

Je le déchire sans même réfléchir. Les larmes remontant au bord de mes cils. Si je signais, cela résoudrait pas mal de problèmes. Et puis c'est pas comme si le connard en costard – dixit le Prince – était un mec méga moche et super nul au pieu. C'est même tout l'inverse.

Mais non… Je ne peux pas…

Je lorgne ce bout de papier en boule. Me résous finalement à aller chercher du scotch pour le raccommoder. Je vais leur demander un petit temps de réflexion. Après tout, ils peuvent me laisser le tempstemp d'y réfléchir ? Ce genre de proposition ne se prend pas à la légère… La nuit porte conseil apparemment.

Chapitre 15 – Abby

Je n'ai pas fermé l'œil de la nuit, mon esprit à carburé à plein régime sans parvenir à trouver une réponse à cette proposition. L'appât du gain est tentant mais j'ai l'impression de renier mes principes en émettant l'hypothèse d'accepter. Je ne peux pas… Je ne peux pas me résoudre à accepter ce poste et en même temps, j'ai besoin de cet argent.

Je pars de chez moi sans rien avaleré, l'estomac trop serré pour avaler quoi que ce soit. Quand je me pointe devant le Red Room, je suis surprise d'y découvrir le larbin du prince.

— Qu'est-ce que vous foutez là ?!

Je ne cache pas mon agacement. Je pensais pouvoir souffler encore quelques heures avant de le revoir. Mais visiblement, là encore je m'étais trompée.

— Bonjour Mademoiselle Smith, j'espère que votre nuit a été agréable.

En quoi ça le regarde ? Je croise les bras sur ma poitrine et lui lance avec assurance :

— Bien évidemment, je me suis fait prendre par deux gars, l'un devant et l'autreun derrière, ça vous intéresse ?

Ma vulgarité le choque, j'arrive à le voir dans ses yeux et pourtant, si ce n'est son regard, tout dans son attitude reste droite et figée. Ce mec est un véritable robot.

— Avez-vous pu étudier notre proposition ? me demande-t-il d'une voix égale.

— Comme je viens de vous le dire, j'étais pas mal occupée.

— Je sais que cela est faux, nous vous surveillons Mademoiselle. Pourriez-vous répondre à ma question s'il vous plaît ?

Il me fait surveiller ? Un frisson me traverse. Depuis quand le fait-il au juste ? Entre ça et les photos que j'ai découvert dans la presse, j'ai l'impression d'être épiée de partout.

— Oui et sachez que cela ne m'intéresse pas. Je ne serais pas votre joujou.

Je tente de garder la maîtrise de mes émotions et le bouscule presque en passant près de lui. A ma différence, le larbin du prince reste impassible.

— C'est très malencontreux surtout qu'à présent, vous n'avez plus d'emploi.

Je me tourne, les yeux ronds et surprise.

— Quoi ?

— Vous comprendrez que votre activité peut ternir la réputation de la couronne, il était donc essentiel que nous nous arrangions avec votre patron. L'argent que nous lui avons proposé a très vite eu raison de son premier refus.

Mais quelle bande de connard ! En quoi est-ce qu'ils dirigent ma vie de cette manière ? En plus, on ne me voit même pas. C'est plutôt en se trouvant là devant ce bar qu'ils mettent en péril la réputation de leur précieuse couronne et non pas en me laissant gérer ma vie comme je l'entends.

— J'ai pu m'entretenir avec mes patrons, ils acceptent de doubler le montant de votre contrat si au terme des trois mois vous parvenez à faire grimper dans les sondages le prince à la première place.

— Vous ne m'achèterez pas !

— Vous en avez pourtant besoin, nous acceptons également de prendre à notre charge les frais d'avocat pour la garde de votre fils.

Bordel, ces mecs sont au courant de tout. J'ai le sentiment d'être mise à nue, prise au piège. Je ne peux pas refuser, je le veux, mais je ne le peux pas. J'ai besoin de cet argent, j'ai besoin de mon fils… A bout de force et malgré moi, mes épaules se voûtent et mon regard le fuie. J'ai envie de fondre en larmes mais je me retiens.

— Qui me dit que vous n'êtes pas des dangereux malades qui travaillent pour un trafic de femme ?

— Si nous avions voulu vous enlever, cela fait longtemps que nous aurions pu. Nous vous surveillons depuis un petit moment mademoiselle et nous connaissons vos habitudes. Mais ce n'est pas notre but, il s'agit là uniquement d'un échange de bons procédésprocédé.

Je grogne et grimace. Il me fait chier avec ses réponses toutes faites et son assurance à toute épreuve. Ce mec est un robot !

— Quand dois-je vous donner ma réponse ? soufflé-je presque dans un murmure.

— Maintenant, nous devons commencer le plus rapidement possible.

J'inspire fortement et relève la tête et redresse mes épaules.

— Très bien, j'accepte.

Je sors de mon sac le contrat que j'ai déchiré hier soir et rafistolé comme je le pouvaispeux. Le larbin me détaille avec une grimace.

— Je me doutais que vous seriez un peu vive dans vos réactions, j'ai un exemplaire tout neuf dans notre jet. Venez, nous n'avons pas de temps à perdre.

— Et mes affaires ?

— Vous n'en aurez pas besoin, la couronne se chargera de toutes vos dépenses et nous avons déjà tout prévu.

Ils étaient donc sûr que j'allais accepter ? Rien d'étonnant. Une pauvre fille comme moi au bord du gouffre… Je suis la bonne poire parfaite pour accepter et courber l'échine. Néanmoins, si le Prince pense pouvoir se servir de moi à sa guise, il va vite déchanter. Je ferais mon possible pour me comporter bien en public, mais en privé il est hors de question que ce soit le cas !

Je m'engouffre dans la berline du larbin et fixe le carreau pour ne pas le regarder lui. Un tumulte d'émotion fait rage en moi. La colère, la honte, la déception. Mais également l'espoir… L'espoir de revoir mon fils et de pouvoir enfin le serrer dans mes bras chaque matin au réveil et l'embrasser chaque fois au couché. Si je le fais, c'est pour lui…

— Dans votre contrat il est prévu que je cesse tout contact avec mon entourage proche…

— En effet.

— Je n'ai encore rien signé, puis-je au moins appeler mon fils ?

— Vous le pouvez, néanmoins vous ne devez pas parler de ce contrat. Je vous propose de leur indiqueré à lui et à votre ex époux, que vous avez obtenu un travail bien payé à l'étranger et que vous ne serez pas joignable durant trois mois.

— Et s'ils me posent des questions ?

— Restez vague et cela suffira.

— Et s'ils tombent sur des photos du Prince et moi ?

— Ils tomberont sur des photos du Prince et vous, c'est le but de ce contrat.

Je tremble sur le siège en cuir. Je ne supporte pas l'idée de mentir à mon fils. Même si ce mensonge n'en est pas vraiment un car il s'agit en effet d'un travail pour trois mois à l'étranger, néanmoins ce n'est pas ainsi qu'ils le verront, ce n'est pas ainsi que Travis le présentera à mon fils…

J'opine, bien consciente des paroles du larbin dont je ne connais même pas le prénom et sors mon téléphone portable. Je compose le numéro de Travis et rapidement sa voix me parvient.

— Ouais ?

— Pourrais-tu me passer Liam s'il te plaît ?

— Qu'est-ce que tu lui veux ?

Sa voix me fait frissonner et je n'arrive pas à dissimuler à l'inconnu près de moi tout le dégoût que mon ex me fait ressentir. Je le déteste du plus profond de mon être et pourtant, je dois me comporter le plus aimablement possible pour qu'il m'autorise à parler ou à voir mon fils. Il me tient...

— J'ai trouvé un travail et je vais devoir partir. Je ne serais pas joignable et j'aurais aimé l'entendre...

Ma voix se brise malgré moi. Je retiens mes larmes et sens mon cœur se briser en plusieurs morceaux dans ma poitrine. Sentir mon enfant loin de moi, c'est comme si j'étais amputé d'un membre. Il est une continuité de moi-même...

— Un travail ? C'est quoi comme travail ?

Je me tourne vers le larbin, l'implorant du regard une aide de sa part. Il fronce les sourcils et me fixe durement. Visiblement, ce n'est pas de lui que j'obtiendrais de l'aide.

— Je veux juste parler à Liam, s'il te plaît...

— J'aime quand tu me supplies.

— Je t'en prie Travis...

Cette fois-ci, je ne retiens plus mes larmes. C'est trop difficile pour moi de me dire que je ne reverraireverrais pas mon fils durant trois mois. Mais je dois être forte car une fois ce contrat réussit, je pourrais payer les frais d'avocat pour obtenir la garde exclusive de mon fils. Bien que le larbin et le connard en costard soient de parfaits inconnus et que je ne sache pas si je peux leur faire confiance, je dois essayer.

— J'adore ! Mais dommage pour toi il n'est pas là. Salut poupée.

Il raccroche sans me laisser le temps d'en placer une. Quand la communication se coupe, je fonds en larmes dans de gros sanglots. Je m'en moque que le larbin me voit dans cet état, je ne peux pas me retenir plus longtemps. J'ai mal. Je souffre. Mon corps réclame cette partie de lui qui manque tant. Son odeur, son sourire, ses petites mains s'enroulant autour de mon cou… Tout ça commence à s'effacer pour devenir des souvenirs et je déteste cette impression. Je veux l'avoir près de moi.

Surprise, je sursaute en sentant une main se poser sur la mienne.

— Ce n'est que trois mois Mademoiselle Smith, passé ce contrat vous pourrez retrouver votre fils.

Sa voix est plus douce, moins mécanique et la chaleur de sa paume m'apaise. Si je le fais c'est pour Liam et même si ce n'est pas l'idée du siècle, je me dois d'essayer. D'essayer pour lui… pour nous…

Chapitre 16 – Abby

Je n'arrive pas à masquer le trouble et l'angoisse qui me saisit dès l'instant où je franchis la porte de la Rolls Royce qui me dépose devant le palais. Tout me semble démesuré et inconnu. J'ai envie de fuir à toutes jambes et faire demi-tour mais je sais à présent après ces nombreuses heures de vol qu'il m'est impossible de rentrer chez moi par mes propres moyens. Je n'ai même pas d'argent pour me payer un ticket de bus alors un billet d'avion n'est même pas envisageable.

— Suivez-moi Mademoiselle Smith, je vais vous conduire au Prince.

L'appréhension de revoir Ace me glace. Est-il au courant que je viens ? Je n'en sais rien. Il est tout de même prévu au contrat que je ne dois pas lui révéler les clauses de ce dernier et en même temps, je doute qu'il n'en sache rien.

Je suis le larbin dont j'ai enfin appris l'identité mais continu tout de même dans ma tête de le surnommer comme je le fais. Des gardes sont placés de chaque côté de l'immense porte en bois blanche recouverte d'ornement doré aux moulures assez étrange. Dès l'instant où j'arrive au sommet des portes, ils les ouvrent dans un cérémonial qui m'amuse autant qu'il me terrifie. Les jambes flageolantes, je tente de paraître sûre de moi et pourtant, c'est un véritable combat qui fait rage dans mon corps. J'ai envie de fuir à toute vitesse…

Je suis le larbin sans un mot et détaille les couloirs que nous longeons. Les murs tapissés d'ornements s'étendent sur plusieurs mètres, mes converses qui tendent plus vers le gris que le blanc foulent le tissu en velours épais et pourpre. J'ai l'impression d'être dans un mauvais remake de The Crown… Où est la reine mère ?

Le larbin s'immobilise devantà une porte qu'il ouvre dans un geste théâtral et m'invite à pénétrer dans la pièce. Dès qu'elle s'ouvre, je reconnais sans difficulté la voix de Ace. Elle tremble et résonne dans chaque partie de mon corps.

— C'est une très mauvaise idée ! Je refuse !

La colère l'anime, ses épaules sont tendues, sa nuque est droite et son corps est crispé. L'assurance qui se dégage de lui n'est pas feinte. Dans cet univers qui est le sien, il dégage une véritable prestance que j'avais déjà discernée lors de notre première rencontre. Si je mettaism'étais ça sur l'attirance que j'éprouvais envers cet homme et le désir qu'il réussissait à éveiller en moi, c'est une toute autre image que je dresse à présent. Celle d'un connard présomptueux qui pense obtenir de moi ce qu'il désire.

J'hésite à pénétrer dans la pièce mais le larbin, ce traître, m'annonce.

— Votre Altesse, Mademoiselle Smith est arrivée.

Le larbin effectue une révérence parfaite tandis que je reste aussi droite qu'un piquet. A ces mots, le connard en costard ou devrais-je dire le prince, se retourne. La scène se passe au ralentit. Probablement dans mon esprit ankylosé par le choc de le revoir ou l'angoisse de me trouver dans cette pièce. Qu'est-ce que je fous ici au juste ? Tout mon être se crispe et l'air se bloque dans ma poitrine. J'avais beau m'être préparer à le revoir, je ne pensais pas que ça me ferait cet effet-là.

Ace darde son regard d'acier sur moi et tout mon corps se met à trembler. De peur mais également de désir. Comment cet homme peut-il encore avoir une telle attraction sur moi alors que je l'ai en horreur ? Si j'avais pu ne jamais croiser sa route, je l'aurais fait. Mais si j'avais également refusé de le suivre, on ne m'aurait pas proposé ce contrat et j'aurais dû travailler dix fois plus dur pour obtenir la garde de mon fils. Je dois prendre sur moi et faire bonne figure.

Je tente une révérence maladroite tout en me mordant l'intérieur des joues pour ne pas hurler. Je dois être ridicule et visiblement, cela amuse le connard.

— Et vous pensez sérieusement qu'elle est la personne idéale pour redorer mon image ? Elle ne sait même pas faire une révérence.

Je me redresse rapidement et m'empêche de lui faire un doigt d'honneur. Franchement, j'ai le majeur qui me chatouille.

— Non mais ça va oui ?! Je te signale que je t'entends connard !

Oups, c'est sorti tout seul. Mais je ne pouvais pas me retenirpouvais me retenir une seconde de plus. J'ai beau tenter de faire preuve de contenance, je ne peux pas le laisser m'insulter de cette manière sans rien dire.

— Qu'est-ce que je disais, souffle Ace avec un certain agacement.

— Les photos sont déjà dans la presse votre Altesse et après le scandale de votre frère, il est essentiel que l'un de vous deux obtiennent les grâces du royaume, reprend le larbin du Prince.

Je m'avance vers lui alors que la colère m'anime. Je ne sais pas pour qui il se prend, mais je ne peux pas rester loin encore longtemps. Soits je l'affronte, soits je me barre en courant et je n'ai pas envie de m'enfuir, pas pour Liam…

— Ecoute…

D'un regard, il me fait taire. Ses deux billes d'acier me fusillent et m'intime au silence. Je n'arrive plus à prononcer un mot tant sa manière de me scruter me terrifie.

— Ne te permets plus de me tutoyer, ni même de me dire quoi faire, tu n'es rien tu m'entends ?

— Votre Altesse, elle est ici pour nous aider, reprend le larbin que je remercie du regard.

— Nous pourrions tout aussi bien faire appel à quelqu'un d'autre, cette fille n'est qu'une pute ramassée dans un bar à strip tease.

A ces mots, je le gifle. MSon geste le surprend tout autant que moi, je ne pouvais pas le laisser continuer de cette manière. Peu importe qui il est, il n'a pas à me parler comme ça !

Une main sur mes lèvres, je m'éloigne de lui tout aussi choquée que lui. A cet instant, la panique me gagne. Qu'est-ce que je viens de faire au juste ? Si ça se trouve, il va me renvoyer illico presto chez moi et si l'envie est plus que tentante car je ne suis pas certaine de parvenir au bout de cette mission avec un tel connard, je sais également que c'est essentiel que j'aille jusqu'à la fin de ce contrat pour mon fils.

Je réalise seulement à cet instant qu'une femme, d'un certain âge et qui possède les mêmes yeux d'un gris acier que le Prince se trouve également dans la pièce. Elle possède une beauté naturelle et une classe certaine. Une aura claire se dégage d'elle et une douceur perceptible tant dans son attitude que dans son regard me réconforte quelque peu.

— Mon fils, surveille ton langage. A te comporter comme un goujat il est normal que Mademoiselle Smith défende son honneur.

Sa prévenance me touche et je me radoucis presque en écho. Je suis en effet alléeer trop loin mais je ne pouvais pas le laisser m'insulter de cette manière. Après tout, je n'ai rien demandé à personne moi.

— Laissez-nous ! ordonne Ace.

Je me tourne vers le larbin que je supplie du regard de ne pas obéir, mais visiblement il n'est pas de cet avis. Il attend que la Reine quitte la pièce avant de refermer les portes sur nous. Dès l'instant où je me retrouve seule face à Ace, je sens tout mon courage s'amenuir. Elle est où la sortie ?

Il passe une main sur son visage et souffle longuement. Je vois que la colère l'anime mais ne comprends pas pourquoi il la tourne vers moi. Après tout, je n'y suis pour rien. Il prend une profonde inspiration en fermant les yeux mais quand son regard se pose sur moi, tout mon corps se met à trembler. D'un pas lent mais puissant, il s'avance vers moi et réduit la distance qui nous sépare. Il n'y a aucune trace de douceur dans ses deux billes d'acier, une haine palpable l'anime sans que je n'en saisisse les raisons.

— Tu n'aurais jamais dû accepter.

Son souffle s'échoue à quelques centimètres de mes lèvres. Des images de cette même bouche embrassant mes seins s'infiltrent dans mes pensées et me provoquent une vague de chaleur. Je déteste mon corps de réagir de cette manière face à cet homme, j'aimerais refouler le désir qui m'anime.

— Je n'ai pas eu trop le choix.

Ma voix tremble et trahit ma fébrilité. J'aurais aimé me montrer forte et pleine d'assurance.

— Justement, on a toujours le choix mais tu n'as pas pris le bon.

Chapitre 17 – Abby

— Mademoiselle Smith, souhaitez-vous qu'on vous fasse porter votre dîner dans votre chambre ?

L'une des domestiques du palais vient de pénétrer dans ma chambre et je n'ose même pas la regarder. J'ai honte d'être ici. Bien que je dispose d'une chambre si spacieuse qu'elle doit probablement faire le double de mon appartement, je ne me sens pas à ma place.

— Non, je viendrais dîner.

Il est hors de question que je m'enferme dans cette pièce sous prétexte que le Prince ne me désire pas à sesces côtés. J'ai signé ce contrat dans le jet privé royal et je compte assurer les clauses de ce putain de contrat. J'avais tout bêtement pensé que la mission ne serait pas aussi difficile qu'elle paraissait. Si Ace s'était comporté comme un connard lors de mon départ de la chambre d'hôtel, c'est un autre homme que j'ai croisé aujourd'hui. Plus sombre, plus colérique, plus connard que jamais !

— Vous êtes certaine ? s'assure-t-elle soucieuse.

A croire que ma dispute avec Ace a déjà fait le tour du palais. J'affirme ma décision d'un signe de tête et lui demande de me laisser quelques minutes pour me changer. J'ouvre la porte d'une armoire et suis surprise de débarquer dans un véritable dressing qui fait plusieurs mètres carrés. Le larbin n'avait pas tort, ils ont déjà tout prévu. Que ce soit les robes de cocktails ou de simples jean, il y a de tout pour faire le bonheur d'une femme. Je grimace en ouvrant les tiroirs et en découvrant de la lingerie fine en dentelle. S'ils pensent sérieusement que je vais porter cette guêpière rouge, ils se fourrent le doigt dans l'œil. Dans le contrat il est indiqué : pas de sexe obligatoire !

J'opte pour une robe blanche en signe de paix, espérant pouvoir atténueré les tentions de tout à l'heure. Nous allons devoir passer trois mois ensemble et même si Ace se comporte comme un enfoiré, la situation sera invivable si je reste braquée sur mes positions. L'un de nous deux doit faire un effort et vu l'immaturité du Prince dont il m'a montré l'étendue tout à l'heure, ce geste doit venir de moi.

Une fois prête, je sors de ma chambre et je suis surprise d'y découvrir des gardes. Même pour dormir je suis surveillée. Vais-je m'y habitueré ? Je ne pense pas.

— Je souhaiterais me rendre au dîneré.

— Bien évidemment, nous allons vous y conduire Mademoiselle, me dit l'un deux avec une révérence.

Tout ce protocole me donne la migraine. J'aurais peut-être mieux fait de lire les annexes au contrat plutôt que de dormir dans l'avion !

Je les suis sans un mot et je suis tellement tendue que je ne regarde même pas la décoration du palais. Je veux simplement me rendre à ce dîner et retourner dans ma chambre le plus vite possible. Je veux simplement prouver au Prince que son attitude ne m'intimide pas et que je suis plus forte qu'il ne le pense.

Quand j'arrive dans la salle de réception et que je suis annoncée par l'un des employés de maison, tous les regards se tournent vers moi. J'imaginais que le repas allait se passer en petit comité mais je me trompais. Une grande tablée m'accueille et le seul que je fixe est Ace. Je ne saurais dire ce que je ressens quand je réalise que les places à sces côtés ou face à lui sont toutes occupées par de jolies jeunes femmes qui ne cherchent qu'une chose : à le mettre dans leurson lit. Après tout, je suis censée être là pour jouer sa dame de compagnie et visiblement, il n'a pas besoin de moi. Je m'installe donc en bout de table sur l'une des chaises libres et me retrouve rapidement en compagnie d'une jeune femme un peu plus jeune que moi.

— Ne fais pas attention à lui, il se comporte toujours de cette manière.

Surprise, je me tourne vers elle et regarde ensuite autour de moi comme pour vérifier que c'est bien à moi qu'elle s'adresse.

— Ace est un connard quand on ne le connaît pas mais si tu es assez patiente, tu verras qu'il est quelqu'un de bon.

Je ne peux m'empêcher de froncer les sourcils et rapidement, elle s'empare de son verre pour le lever face à moi et m'inviter à en faire de même. Alors, sans savoir si c'est par politesse ou par envie, je me saisis du miens et le fait tinter contre le sien.

— Santé ! Je suis la Princesse Léonie, la petite sœur du Prince.

J'arrondie les yeux de surprise. En effet, je distingue le même regard acier que son grand-frère. J'aurais dû m'en douter au premier coup d'œil.

— Enchantée, je suis Abby.

— Tout le monde saits qui tu es, bien que beaucoup ignorent les véritables raisons de ta présence ici. Seul un comité restreint dont je fais partie est au courant et sache que tu peux compter sur moi si tu as besoin de quoi que ce soit ou juste déblatérer sur la dernière saloperie que mon frère t'aura dit.

Je lui souris avec affection, touchée d'avoir trouvé dans ce palais maudit une épaule sur qui m'appuyer. Je porte les lèvres à mon verre et goûte le vin sucré qu'il contient. C'est délicieux.

Léonie est une femme agréable à la conversation variée. Elle m'indique rapidement qui sont les principales personnes qui se trouvent autour de cette grande table. Il y a des ministres, des conseillers et une jeune femme qui me fixe avec une certaine animosité que je ne maîtrise pas.

— Qui est-elle ? demandé-je à Léonie.

Ma voisine se crispe et j'ai peur d'avoir dit quelque chose qui ne fallait pas. Voilà que je commençais tout juste à créer des liens dans cet univers malsain et je vais déjà les détruire. Je suis un véritable boulet !

— Il s'agit de Sofia, l'ex de mon frère.

Un sentiment étrange me parcourt. Est-ce les quelques points de ressemblance entre nous telle que la couleur de nos cheveux ou de nos yeux qui me perturbent ou bien le fait qu'il fût un jour où c'était elle qui se trouvait entre les cuisses du prince. Peut-être qu'ils auraient préféré faire alliance entre eux ? Je me sens soudain de trop.

— Ne t'en fais pas, il s'agit d'une histoire ancienne. Néanmoins à présent que mon frère estet le prochain héritier au trône, il faudrait la garder à l'œil. Si elle misait sur mon père, il est fort probable qu'elle revoit ses plans et qu'elle se tourne vers le nouvel héritier.

Une vague désagréable me traverse. Cette femme aurait-elle eu une liaison avec le roi ou bien est-ce que je me trompe dans les paroles de ma voisine ? A creuser...

Une étrange tension me parcourt et quand je tourne la tête vers Ace, je le surprend à me fixer, la mâchoire serrée. Mon corps jusqu'ici calme se réveille et je me dépêche de détourner la tête pour ne pas laisser le désir l'emporter sur la colère que j'éprouve pour lui.

Nos assiettes sont enlevées et de nouvellesenlevées de nouvelles sont apportées. Du poisson est servi en grande quantité, bien plus qu'il ne m'arrivait d'en manger auparavant. Ne voulant faire mauvaise impression, je me force à manger

— Alors Abbygaël, dites-nous d'où vous venez ?

Je me tourne rapidement vers Ace cherchant une réponse à apporter. Son sourire s'étire et me prouve qu'il s'amuse de mon malaise. Je pourrais tout aussi bien répondre la vérité, mais d'après Léonie, l'homme qui s'adresse à moi est un ministre et ne fait donc pas parti de notre petit clan secret.

— Je viens des Etats-Unis.

Je préfère rester vague et j'espère que le sujet changera rapidement mais malheureusement, l'ex de Ace souhaite soudainement prendre part à la conversation.

— Et comment avez-vous rencontrérencontrer Alexander ? C'est bien la première fois qu'il convie l'une de ses maîtresses à notre table.

J'ai bien envie de lui dire de fermer sa grande bouche glossée mais je me contente de m'emparer de mon verre et d'en boire son contenu pour atténuer ma gorge en feu. Les joues rouges, le palpitant qui s'agitent, je tente de trouver une réponse convenable à apporter. Mais heureusement, je sens la main de Léonie se poser sur la mienne et prendre la parole.

— Ce n'est pas Alex qui l'a invité mais moi. J'ai rencontré Abby lors de l'une de mes virées et nous avons sympathisé. Je l'ai présentée à Alex et disons qu'entre eux ça a été explosif, dit-elle en m'offrant un clin d'œil.

Tout l'air contenu dans mes poumons se relâche. J'offre un sourire rassuré à Léonie. Heureusement qu'elle était là. La réponse de la princesse semble vexerée la jeune femme qui se tourne rapidement vers l'un de ses voisins de table pour changer de conversation.

— Je te remercie.

— Je t'en prie ! Je t'ai dit que tu pourrais compter sur moi.

Cette fille est un véritable ange tombé du ciel !

Chapitre 18 – Ace

J'ai tenté de faire entendre raison à mes parents en leur indiquant qu'il n'était pas nécessaire de destituer mon frère de son rôle mais ils n'ont rien voulu entendre « il s'agit de la préservation de la couronne et des traditions » m'ont-ils répondu. Je leur en foutrais moi des traditions... En quoi l'homosexualité de mon frère ferait de lui au mauvais roi ? Qu'il baise avec un homme ou une femme ne change en rien sa manière de gouverner. Son esprit est pur et ses choix sont sains, il a pris sa décision avec le cœur et c'est ce qu'un peuple attend d'un bon roi.

Moi ?

Moi je n'ai fait que de me concentrer sur mes objectifs et mes désirs. Tantôt sur ma carrière dans l'armée, tantôt sur le choix des femmes qui venaient combler mes nuits. En aucun cas je n'ai envisagé gouverner après la mort de mon père. Ce n'était pas l'un de mes objectifs et bien qu'il me serait possible de refuser et de m'enfuir, je ne peux m'y résoudre car cela signifierait que mon père marie ma sœur à un étranger dans le seul but de poursuivre la dynastie. Ma petite sœur ne mérite pas ça, je dois le faire pour elle.

Je visualise toute cette tablée d'hypocrite et cela me coupe l'appétit. Comment peut-on autant se voiler la face ? Mon ex qui couche désormais avec mon père et qui se trouve à ses côtés mais également aux miens. Ma mère qui partage sa vie mais non son lit, se trouve de l'autre côté, face à sa maîtresse. Elle semble si éteinte et pourtant elle tente de paraître droite et fière.

Le regard que mon père porte sur Abby m'incommode. Suspicieux, intéressé, il cherche à voir en elle ce qui pourrait m'intéresser. S'il seulement il s'avait…

J'ai le sentiment qu'elle ne parviendra pas à assurer ce contrat qui lui a été proposé. Même si je n'en connais pas l'exhaustivité des termes, son franc-parler et son caractère ne lui permettront pas de garder sa langue dans sa poche et de faire bonne figure. Au jeu des faux semblants, il faut de nombreuses années de pratique. Néanmoins, alors qu'elle discute avec ma petite sœur, je ne peux m'empêcher de la fixer. Léonie est une personne torturée à qui la vie n'a jamais été facile. Si elle est née avec une cuillère en argent entre les lèvres, elle a manqué de ce que n'importe quel individu a besoin, à savoir, l'amour. Que ce soit venant de mon père ou même de ma mère, aucun d'eux n'a jamais montré un quelconque intérêt. Seul Stanislas a toujours eu grâce à leurs yeux. Si ça ne m'a en aucun cas vraiment gêné car quelque part, je trouvais ma place autrement, ce ne fût pas son cas. Aussi, ça m'intrigue de voir Léonie s'intéresser à Abby. Les deux jeunes femmes pourtant si différentes, discutent avec joie comme si elles se connaissaient depuis toujours et mon attention reste rivée sur cette inconnue qui sourit à pleinespleine dents et révèle toute la beauté de son naturel.

— Je passe te voir ce soir ?

La voix de Sofia me sort de ma contemplation. Je fronce les sourcils et me tourne vers elle comme si les paroles qu'elles venaient de prononcer étaient le fruit de mon imagination.

— Peux-tu répéter ? Je crois que j'ai mal entendu.

Elle esquisse un sourire et bat des cils avec force. Ses bras fins sont croisés sur la table recouverte d'une nappe en coton blanc et elle redresse les épaules en arrière pour faire ressortir sa poitrine. Si elle pense pouvoir me séduire comme elle le faisait autrefois, elle se trompe lourdement.

— Je crois que tu as très bien entendu justement, murmure-t-elle assez bas pour que je sois le seul capable de l'entendre.

Elle plante son regard brun dans le mien. J'y trouve un désir palpable mais il n'est pas sexuel, il est en lien avec le pouvoir que j'obtiendrais dès la mort de mon père. Cette fille est une arriviste en soif de puissance. Malheureusement, elle n'obtiendra rien de moi.

— Au cas où tu ne l'aurais pas remarqué, ma maîtresse comme tu l'as si bien dit se trouve là-bas.

Elle grimace à mes mots. Pourtant, Sofia pourrait m'être utile dans le cas où mon père porterait un trop grand intérêt à Abby. Mais ce soir, je n'ai pas envie de faire semblant. C'est la première nuit qu'Abby va passer ici et je sais que dès demain, les choses sérieuses commenceront. Nous devons nous rendre à un grand prix hippique enà l'honneur de mon père et elle sera enfin révéléerévélé au monde comme ma petite amie officielle. A cette simple idée, j'ai envie de rire. Je ne l'imagine pas porter l'une des tenues guindées que les habilleurs ont dû mettre dans son dressing, ni porter un énorme chapeau pour l'occasion. Néanmoins, je dois reconnaître que la robe blanche qu'elle a choisi ce soir lui va à merveille. J'ai l'impression de voir dans cette tenue, une sorte de gage de paix qu'elle lève entre nous, une sorte de drapeau blanc. Comme si Sofia était capable de lire dans mes pensées, voilà qu'elle reprend la parole pour s'adresser à la principale intéressée.

— Alors Abby dis-moi, qu'as-tu prévu de porter demain ?

Les yeux sombres de la jolie brune s'affolent, elle se tourne vers ma petite sœur à la recherche d'une réponse mais cette dernière a la bouche pleine et elle est incapable de lui répondre. Sofia qui l'a pris dans son collimateur, ne la lâche pas.

— Tu ne vois pas de quoi je parle ?

Abby la fixe avec une assurance qui ne me surprend pas et qui me plaît. Elle se redresse et fixe mon ex sans se laisser démonter.

— Non en effet, je ne suis arrivée qu'aujourd'hui. Mais j'imagine que Ace me mettra vite au parfum.

J'étouffe un rire, notamment quand je vois la tête de mon ex se décomposer quand elle l'entend m'appeler par mon surnom. Abby a bien joué le coup, car en m'appelant de cette manière, elle montre à toute la table la fausse complicité qui nous lie. En tout cas, elle prouve ainsi qu'elle me connaît bien plus qu'ils ne peuvent le penser.

— C'est Alexander Charles Edward Mademoiselle Smith, je ne tolérerais pas que vous vous permettiez autant de familiarité avec le Prince.

Je me tourne vers mon père qui vient de parler d'une voix tranchante et sèche. Le sourire de mon ex s'élargit tandis que le visage d'Abby devient blême. J'ai presque envie de la secourir à cet instant mais je sais également que de contrer mon père ne fera qu'envenimer la situation. Je ne suis pas prêt à l'affronter. Pas maintenant

— Pourtant il va bien falloir que je me montre familière avec lui au vu de mon rôle.

Cette fois, c'est moi qui deviens blême. Sait-elle à qui elle s'adresse réellement ? Personne ne parle ainsi au Roi, pas même sa propre épouse. Les poings de mon père se serrent sur la nappe et je vois qu'il maîtrise sa colère. Il pourrait en un claquement de doigt la faire emprisonner pour son impertinence.

— Alexander, corrige cette jeune femme ou bien c'est moi qui le ferait.

Son ordre ne laisse place à aucune protestation de ma part et je sais que si je n'agit pas, il le fera. Je me tourne vers Abby et bien que son regard reste franc, j'arrive à voir dans ses prunelles sombres la peur qui l'habite.

— Me corriger ? Vous voulez que votre fils me mette une fessée ?

Mais ne peut-elle pas se taire bordel de merde ?! Cette fois-ci, c'est moi qui commence à perdre patience. Non pas parce que je n'apprécie pas le fait qu'elle ne se laisse pas faire, c'est même tout l'inverse, mais parce que son comportement va m'obliger à faire des choses que je ne souhaite pas faire.

— Alexander Charles Edward, tu as dix secondes !

A ces mots, je recule la chaise qui grince sur le sol en marbre. Je ferme les yeux quelques instants et souffle longuement. Quand je me redresse, je fixe Léonie qui semble terrorisée puis mon regard se tourne vers la coupable d'outrance à la couronne royale.

— Mon roi, ce n'est que sa première soirée, elle ne connaît pas encore nos coutumes ni nos règles.

Pour la première fois de la soirée, ma mère intervient. Mon cœur se serre en l'entendant s'adresser ainsi à son époux. Je sais très bien qu'il ne l'écoutera pas. Pire encore, il ne doit pas supporter qu'elle lui donne des conseils et je sais d'avance qu'il se vengera en privéprivée pour avoir parlé.

— Et bien elle devrait, tonne le roi.

Je n'ai pas le choix. Je m'avance vers elle comme si je m'avançais vers l'échafaud. Le cœur lourd, les jambes flageolantes, mon cœur martèle dans ma poitrine tandis que ma gorge se serre. Néanmoins, je n'arrive pas à dissimuler la colère qui m'anime également car bien que je déteste ce que je m'apprête à faire, je supporte encore moins de voir Abby me fixer avec défi. Si nous en sommes là, c'est entièrement sa faute. Je m'approche d'elle d'un pas lourd, plus personne ne parle attendant que je m'exécute. Je m'empare de son poignet et la force à se lever. Réticente sur le coup, elle s'exécute finalement.

— Père, permettez-moi au moins de la corriger dans notre chambre.

— C'est hors de question, je veux l'entendre hurler et la voir pleurer.

Je ferme une nouvelle fois les yeux. Ce pays dans lequel nous vivons est bien trop archaïquearchaique et les règles qui le régissent me dégoûtent. Je crois d'ailleurs que c'est l'une des raisons pour lesquelles j'ai si souvent fui ce palais. Ils n'ont pas évolué. Figé dans un temps moyenâgeux, ils considèrent les femmes comme de vulgaires objets et se placent comme des maîtres en puissance.

Alors que je devrais la gifler ou lui infliger bien pire face à l'ensemble des personnes qui se trouvent ici, je la force à me suivre à l'extérieur de la salle.

— Où vas-tu ?

— Vous l'avez dit, je suis le Prince et le futur Roi. Je choisirais donc la punition à la hauteur de son insolence. Vous pouvez poster des gardes à sa chambre pour écouter ce que je compte lui infliger mais j'ai assez de dignité pour ne pas me donner en spectacle dans cette salle.

Ma menace à peine voilée la terrifie à présent. Je pense qu'elle ne me croyait pas capable de me montrer aussi cruel que mon père. Mais elle se trompe. J'ai vu des choses horribles durant la guerre. J'ai fait des choses horribles. Je crois que c'est d'ailleurs ce qui rend le plus fier mon père, qu'à travers les actes que j'ai pu commettre, je reflète toute la noirceur qu'il m'a transmise.

— Ace.

Sa voix tremblante n'est qu'un murmure. Bien qu'elle tente de ne pas perdre la face, ses yeux deviennent humides. Pourquoi continue-t-elle à m'appeler ainsi alors que c'est l'objet de la discorde de ce soir. Elle ne me facilite vraiment pas les choses.

— Ferme-là ! grondé-je.

— Bien, je souhaite que deux gardes soient postées devant sa porte ! tonne le Roi.

Je ne l'écoute pas et la tire à travers la pièce. Les grandes portes en bois s'ouvrent tandis que je la traînetraine avec force, sous ses plaintes jusqu'à sa chambre. Je ne voulais pas en arriver là mais aucun d'eux ne m'a laissé le choix.

Chapitre 19 - Abby

Je trébuche sous la force de la puissance du connard en costard. De vieux démons refont surfaces à cet instant. L'humiliation, la colère, la haine, la peur. Voilà des années que j'avais pris la décision de ne plus jamais me laisser rabaisser et humilier et pourtant depuis le jour où j'ai croisé la route de ce mec, voilà que c'est la deuxième fois que ça arrive.

Je me déteste de l'avoir suivi.

Je le déteste d'avoir croisé ma route.

Qu'est-ce que je fous ici bordel.

— Lâche-moi !

J'ai presque envie de rajouter s'il te plaît tant ses doigts serrés avec fermeté me font mal au poignet. Mais Ace n'en a rien à faire. Il semble possédé, être un autre homme. Il semblait si tendre et si doux lors de notre première nuit. Jamais je n'aurais imaginé que derrière sa belle gueule se cachait un mec violent.

Tu ne le pensais pas de Travis non plus.

J'ai envie d'hurler, de pleurer. Mais quelque chose dans mon corps et dans mon esprit se brise de nouveau. Je suis aveuglée par les larmes qui menacent de couler. Je les refoule, refusant de lui prouver à quel point son comportement me touche.

— Alex !

La voix de Léonie fend l'air et bien que les gardes royales nous suivent pour que Ace puisse me donner ma punition, il s'immobilise.

— Ne reste pas Léonie, tu ne peux pas voir ça.

— Elle ne connaît pas les règles, mère a raison. Tu ne peux pas la brutaliser, pas le premier soir.

Je lui offre un sourire sincère malgré la situation. La Princesse est d'une bonté surprenante quand on voit les individus qui l'entourent. Elle semble si différente d'eux que c'est presque impensable. Malheureusement, si j'en crois les doigts de Ace qui se crispent sur mon poignet, il ne semble pas du même avis qu'elle.

— Ce sont les ordres, je ne peux m'y soustraire.

Il la fixe mais je ne le regarde pas assez longtemps pour comprendre ce que leur échange de regard signifie. La résilience que je remarque néanmoins dans les beaux yeux bleus de la Princesse brise un peu plus ma dignité. Que comptet-ils me faire au juste ? S'il souhaitait me frapper, il aurait pu le faire en public. Il a parlé de dignité. Compte-t-il me violer ? Nous avons déjà eu des rapports sexuels lui et moi, mais une chose est sûre, à cet instant, il serait loin d'être consenti. A cette idée, mes cuisses se resserrent et quand Léonie baisse les yeux et que Ace reprend la route qui nous mène à sa chambre ou bien à la mienne, je manque une nouvelle fois de tomber.

— Il va falloir que tu apprennes à marcher sans trébucher, tonne-t-il.

J'ai envie de lui dire de bien fermer sa gueule et pourtant j'en suis incapable. Ma gorge est si serrée et si sèche que j'en ai mal. La peur contracte chacun de mes muscles, mon cœur martèle dans un rythme discontinu. Je suis terrifiée… Terrifiée de replonger dans mon passé.

— Laissez-nous passer !

Les gardes s'exécutent sous l'ordre prononcé par Ace. Je réalise à cet instant que sa chambre se trouve juste en face de la mienne. Surprise, ce n'est pas dans la sienne que nous nous engouffrons mais dans la mienne. Alors que je résiste autant que possible à le suivre, je m'avoue vaincu. Je ne fais pas le poids de toute manière. Les portes se referment derrière nous et nous occultent du reste du palais.

— Tu ne pouvais pas te taire…

Ce n'est pas une question mais une affirmation. Sa voix grave et rauque me fait frissonner. Son visage est toujours aussi fermé mais l'avantage d'être seuls dans cette pièce, c'est qu'il a au moins eu la décence de me relâcher. Ainsi, je peux reculer et creuser l'écart entre nous, malheureusement à chaque pas que je fais vers l'arrière, les siens s'avancent vers moi.

— Arrête, s'il te plaît Ace, je vais partir… Je n'aurais jamais dû venir…

Je recule mais me retrouve vite acculée contre le mur. A présent, je ne peux plus reculer et me retrouve coincéeer face au Prince. Son regard d'acier me sonde et me terrifie. Il n'a plus cette teinte bleutée que j'avais perçu lorsque nous étions à Vegas. Désormais, j'y vois de la haine et de la colère.

— Partir ? Et perdre l'opportunité de gagner autant d'argent ?

Quand il fait notion de l'argent et surtout de ce que cette somme me permettrait de faire, les questions se bousculent dans ma tête. Suis-je prête à revivre la souffrance pour voir mon fils ? Je crois bien que oui.

Pour mon fils, je serais prête à tout… Même à retourner auprès de Travis pour être avec lui... C'est peut-être ça que j'aurais dû faire depuis le départ. Prendre sur moi et m'excuser auprès de mon ex. Serrer les dents quand sa main s'abattra sur moi et ne pas écouter quand il me rabaissera. Mais je n'y arrive pas. Le dégoût qu'il m'inspire est tel que je préfèrerais mourir que d'être auprès de lui. Mais si je meurs, qui sera là pour protéger mon bébé ?

Alors j'inspire et à cet instant, mes jambes cèdent. Je tombe à genoux face au Prince et me soumet à sa volonté. S'il souhaite me battre, s'il souhaite me violer, je suis prête à assumer les conséquences de ma petite rébellion qui n'avait aucun intérêt. Il a raison, j'aurais mieux fait de fermer ma gueule.

— Qu'est-ce que tu fais ?

A cet instant, mon cerveau déconnecte. Je deviens une coquille vide comme je l'ai si souvent été. Mon corps se détache complètement, prêt à accueillir les coups, à entendre les insultes, à subir ce qu'il ne désire pas.

— Je m'excuse votre altesse, je n'aurais pas dû.

— Relève-toi.

A ces mots, je m'exécute. Docile, comme je l'ai longtemps été. Mes yeux restent rivés au sol, je ne le regarde pas. Il glisse un doigt sous mon menton pour me forcer à le regarder mais j'en suis incapable. Je me soumets totalement à sa volonté, prêt à accueillir cette punition qui m'est donnée.

— Regarde-moi.

Je m'exécute de nouveau. Mes yeux sombres fixent les siens sans vraiment le regarder.

— Regarde-moi bordel !

A ces mots, il plaque sa main libre contre le mur dans un coup qui me fait sursauter. J'arrondie les yeux de surprises et comme si quelque chose avait vrillé dans ma tête, je le regarde réellement. Mais contre toute attente, ce n'est plus de la colère que je lis dans sces yeux mais de la compassion. Je retrouve dans son regard acier la douceur que j'avais surpris dans cette chambre d'hôtel.

A nouveau, son poing résonne contre le mur et me vole un cri de surprise. Son geste détonne complètement avec le regard qu'il m'offre.

— Je suis désolé, murmure-t-il.

Et là encore, son poing s'échoue contre le mur au point de le faire trembler dans mon dos.

— Jamais tu ne reparleras comme ça au Roi, est-ce que tu comprends ? gronde-t-il en exagérant.

A cet instant, je comprends. Je comprends qu'il ne me touchera pas. Je comprends que tout ceci n'est qu'une farce. Alors je joue le jeu et réponds.

— Oui, votre altesse.

Les coups pleuvent et je cris. Je ne sais pas combien de temps dure ce petit manège mais assez pour nous épuiser l'un l'autre. Ses gestes sont brutaux et pourtant dans son regard je ne lis que de l'indulgence.

Au bout d'un moment, nous nous arrêtons, nous nous fixons.

— Ne recommence pas Abby, tu as besoin de cet argent et moi j'ai besoin de toi.

A ces mots, sans que je ne sache pourquoi, mon cœur s'emballe dans ma poitrine. Je manque d'air et mon souffle devient plus court. Ma poitrine se soulève et s'abaisse rapidement tandis que les battements de mon cœur résonnent si fort qu'ils résonnent dans mes oreilles.

— Je dois regagner la confiance du peuple, comme tu viens de le voir le Roi n'est pas un homme bon.

Mon cœur chute lourdement. Qu'est-ce que j'imaginais au juste ? Tout ça n'est qu'un échange de bon procédé, rien de plus. Mais alors qu'il fait un pas en arrière pour s'éloigner de moi, je m'empare des pans de sa veste et l'attire à moi. Nos bouches se percutent avec force. Mon cœur implose, c'est douloureux. Le désir se mêle à la colère, à l'amertume. Je me surprends à ressentir un soulagement bien trop prononcé quand je sens sa main attraper mes cheveux et sa langue s'enfoncer dans ma bouche. Je gémis contre ses lèvres. J'ai envie de le repousser tout autant que j'ai envie de l'attirer à moi. Ce baiser est un mélange à la fois bestial et combatif. Chacun de nous luttant contre l'attirance évidente qui nous lie mais également la colère que nous éprouvons l'un envers l'autre.

Lorsqu'enfin nos bouches se séparent, je relâche sa veste et lui permet de s'éloigner de moi. Mais contre toute attente, il plaque son front contre le mien comme s'il souhaitait conserver l'espace de quelques secondes ce contact entre nous de la même manière qu'il l'avait fait à l'hôtel.

— La prochaine fois, je ne pourrais pas faire semblant. La prochaine fois, je serais forcé de m'exécuter devant lui.

Il s'éloigne de moi, glisse une main dans ses cheveux et quitte ma chambre sans se retourner. A présent seule, je me rue vers mon immense lit recouvert d'une épaisse couverture et d'une dizaine d'oreillersd'oreiller et pleurepleurs à chaudes larmes. Je déverse la peur que j'ai éprouvé, ces cauchemars que je pensais enterrés mais également ce désir fou que j'éprouve pour ce Prince.

Chapitre 20 - Abby

Je me réveille en sursaut, en plein milieu de la nuit. La pièce est baignée dans l'obscurité, seulse les rayons de la lune éclairent en partie mon lit. Ce cauchemar semblait si réel qu'ill me faut quelques minutes pour réaliser où je me trouve. Je réalise que je me suis endormie toute habillée, épuisée par le torrent de larmes que je n'arrivais plus à maintenir.

La gorge sèche, probablement dû aux larmes que j'ai versé, je décide de me lever pour aller me rafraîchir. Je ne connais pas très bien le palais mais j'imagine que les gardes postés devant ma porte me permettront de savoir où se trouve les cuisines.

Je sors de ma chambre et je suis surprise de découvrir un couloir entièrement désert. Pas de trace de garde devant ma porte ni devant celle du Prince. Ne devons-nous pas être protégé jour et nuit ? J'en sais trop rien. J'aurais vraiment dû prendre le temps de lire les annexes à ce putain de contrat !

Je déambule dans les couloirs et me perds rapidement. Tous les chemins que j'emprunte se ressemblent et je crains ne pas être capable de retrouver ma chambre. Par je ne sais quel miracle, je trouve la cuisine et alors que je m'avance vers l'immense frigo en inox, je sursaute en sentant une présence dans mon dos. Je me retrouve rapidement et jette un rapide coup d'œil autour de moi pour m'emparer d'un rouleau à pâtisserie. C'est loin d'être une arme mais je suis certaine qu'elle pourrait faire une carte parfaite dans le Cluedo « La ratée dans la cuisine avec un rouleau à pâtisserie ! ».

— Punaise mais tu m'as fichu la frousse de ma vie ! lancé-je à Léonie qui s'avance vers moi.

— Désolée, j'avais méga faim ! Et toi, qu'est-ce que tu fais debout ?

— J'avais soif.

Elle ouvre le réfrigérateur et sort une bouteille d'eau. Elle ouvre ensuite une seconde porte et en extrait un énorme pot de glace.

— T'as faim après le repas de ce soir ?

Nous avons eu le droit à une entrée et deux plats. Personnellement, bien que je n'ai pas assisté au repas entièrement me privant du dessert proposé, je ne pourrais plus rien avaler avant demain !

— Yep ! La drogue, ça creuse.

J'arrondie les yeux de surprise et la fixe en tentant de démêler le vrai du faux. Mais Léonie m'ignore et s'installe à l'îlot central en s'emparant d'une immense cuillère à soupe qu'elle plonge dans le pot. Je m'installe juste en face d'elle et me saisit d'un verre qui traîne pour boire. L'eau fraîche me fait un bien fou et ce n'est qu'au troisième verre que j'arrive enfin à arriver à satiété.

— Je suis désolée pour mon frère, il peut se comporter comme un con quand il s'y met.

Je grimace et détourne le regard. Je n'ai pas envie de mentir à la seule personne ici qui se montre agréable avec moi. Mais en même temps, je ne peux pas lui révéler ce qu'il s'est passé réellement dans cette pièce car j'aurais trop peur que quelqu'un m'entende et créer des problèmes à Ace. Même si je suis super en colère contre lui, je lui suis reconnaissante de n'avoir pas mis ses menaces à exécution et de n'avoir pas obéit bêtement à son père.

— Tu n'as pas à être désolée pour lui, c'est un grand garçon.

Je ruse comme je peux et heureusement Léonie ne continue pas sur le sujet.

— Pour demain ne t'en fais pas, je viendrais dans ta chambre et nous choisirons tes vêtements.

— Merci Léonie.

Mes mots sont simples et pourtant si sincères. Elle le remarque car elle me sourit avec tendresse avant de plonger une nouvelle fois sa cuillère dans le pot de glace vanille. Beurk ! Je déteste ce parfum.

— Ils vont tous te tester Abby. Dans notre monde il faut être dur mais préserve toi et choisis bien tes ennemis et tes combats, ils ne sont pas tous bons à mener.

J'opine, conscience qu'elle dit vrai.

— Je serais toi, je m'attaquerais plutôt à cette pétasse de Sofia ! Maintenant qu'elle sait que mon frère est prétendant au trône, elle va tout faire pour lui mettre le grapin dessus.

Je rie en l'entendant utiliser le mot pétasse. De plus, ma curiosité s'éveille face à ses révélations.

— Pourquoi ne l'a-t-il pas choisie dans ce cas ?

—Parce que votre photo avait fuité dans la presse, il était essentiel que ce soit toi sinon on l'aurait de nouveau accusé de batifoler. En plus, vu d'où tu viens, ça creuse le mystère. Si la liaison de Sofia et de mon père n'est pas révéléerévélé au grand public, elle ne dupe personne.

Encore une fois, j'ai vraiment l'impression d'être utilisée mais après tout, n'est ce pas l'objet de ce contrat justement ? Je serais bien heureuse à l'issue des trois mois d'obtenir l'aide financière qui me permettra de repartir de zéro avec mon fils.

— Et donc que me conseilles-tu de faire pour m'attaquer à Sofia ?

Léonie s'approche de moi telle une conspiratrice. Ses yeux brillent d'un éclat nouveau et je réalise à cet instant à quel point ses pupilles sont dilatées. Est-elle réellement stone ?

— Tu sais ce qu'on dit ? Garde tes amis proches de toi et tes ennemis encore plus !

— Tu me conseilles donc d'être amie avec elle ?

Elle hausse les épaules et engloutie une nouvelle cuillère de glace entre ses lèvres.

— Pourquoi pas ! Montre-lui qu'elle ne t'impressionne pas !

J'opine à mon tour, heureuse de cette alliance qui se crée entre vous.

— Léonie bordel !

Nous sursautons toutes les deux quand un garde arrive. Plus jeune que la plupart des hommes que j'ai pu croiser ici, il est également très séduisant. Ses cheveux blonds sont coiffés court et ses yeux bleus nous fixent avec sévérité.

— Princesse, il est tard vous devriez aller vous coucher.

Je fronce les sourcils et me tourne vers Léonie. Qui est ce mec ? La Princesse aurait-elle une babysitter attitrée ?

Remarque si je dois en avoir une, je veux sa copie conforme. Ce mec est trop canon !

— Abby je te présente Nick, mon garde du corps.

Mon dieu, le fantasme du garde du corps ! Je veux le même ! Alors que Léonie reprend la parole, j'ai l'impression qu'elle lit dans mes pensées. Cette fille et moi sommes sur la même longueur d'onde.

— Tu rencontreras le tiens demain.

— Quoi ? Je vais avoir un garde du corps ?

— Bien-sûr, nous en avons tous un.

— Princesse, reprend le fameux Nick légèrement impatient.

— Oui, oui, j'arrive !

Elle se lève sans prendre la peine de ranger le pot de glace dans le frigo. Elle me fait un petit signe de main et se dirige vers Nick sans même lui offrir un regard. Cette jeune fille est vraiment particulièrement adorable.

Après avoir rangé la bouteille d'eau et le pot de glace, je regagne ma chambre – tout en me trompant à de nombreuses reprises – plus légère. Cette conversation avec Léonie m'a détendue et j'ai vraiment le sentiment d'avoir trouvé une alliée en sa personne. Je pose la main sur la poignée, m'apprête à pénétrer dans la pièce quand la porte dans mon dos s'ouvre.

Tiens, tiens... Ace ne dort pas ?

Je me tourne, prête à l'affronter, un sourire espiègle sur mes lèvres et me fige. Je me retrouve nez à nez avec Sofia. Immobile, trop surprise pour réagir, je la fixe. Elle porte une petite nuisette en satin outrageusementoutragement courte et dénudée. Ses cheveux bruns sont en batailles, ses joues sont rouges et ses yeux brillent. Elle vient de s'envoyer en l'air... et visiblement c'est avec Ace.

— Insomnie ? me demande-t-elle d'un air mesquin.

J'ai envie de lui répondre une phrase du genre « qu'est-ce que ça peut te foutre » mais les paroles de Léonie sont encore fraîches dans mon esprit. Je ne dois pas me laisser atteindre par ses mots.

— Besoin de me dégourdir les jambes après la punition de Ace.

Je fais exprès de prononcer le surnom du Prince pour la simple et bonne raison que je suis horriblement jalouse de la voir sortir de sa chambre. Je devrais n'en avoir rien à foutre, après tout je ne suis pas du tout intéressée par cet homme. Mais nous avons un contrat lui et moi, s'ils comptent baiser son ex je n'ai rien à foutre là !

— Punition dont tu n'as pas compris la leçon visiblement.

— Peut-être parce que j'aime quand Ace se montre violent, ça donne un peu de piquant !

Je lui souris à pleine dent alors qu'elle tente de voir dans mon regard si je dis vrai.

— En tous cas, ce n'était pas assez épuisant pour lui car visiblement il avait encore de l'énergie à revendre, me dit-elle en s'étirant exagérément.

Bordel, j'ai envie de l'étrangler ! Si je la tue, est-ce que Léonie accepterait de m'aider à creuser un trou dans les jardins du palais pour cacher son corps ? Nick pourrait s'avérer utile lui aussi, il semblait très musclé ! Cette diversion m'aide à me détendre et surtout à oublier que cette femme vient de quitter la chambre de mon faux petit-ami.

— Amuse-toi autant que tu veux Sofia, celle qui sera à son bras demain ça sera moi. Tu seras toujours la numéro deux.

A mes mots, elle se fige, surprise d'entendre de ma bouche cette vérité qu'elle tente de dissimuler. Son regard devient encore plus noir qu'il ne l'est de base. Voyant qu'elle ne réplique pas, je me retourne et me dépêche de retourner dans ma chambre. Je me dépêche de me changer pour mettre quelque chose de plus confortable et me glisse sous les draps. Un mélange d'émotions me submerge. La colère d'avoir croisé Sofia, la joie d'avoir trouver une alliée et une amie en la personne de Léonie mais également le désir… Le désir de ce baiser échangé avec le Prince quelques heures plus tôt.

Chapitre 21 – Abby

— Mademoiselle Smith, réveillez-vous !

J'ouvre les yeux, m'étire et trouve une parfaite inconnue face à moi. Dans le style Men In Black, elle porte un costume sombre et me fixe d'un regard froid et inconvenant. Mais qui est cette femme et surtout pourquoi me hurle-t-elle dessus dès le réveil ?

— Qui êtes-vous ?

— Je suis l'agent Ingrid Hofman et je me chargerais de votre sécurité.

Et merde ! Pourquoi n'ai-je pas le droit à la même gravure de mode que Léonie ? La femme face à moi n'a rien de sympathique. Les cheveux blonds tirés dans un chignon si strict qu'aucune mèche ne dépasse, son regard est bleu glacial et sa mine est pincée. Son corps est pressé dans un costume presque trop serré et sa carrure athlétique se devine sous ses vêtements.

— Et pourquoi me réveillez-vous ? ne puis-je m'empêcher de demander également sans cacher mon agacement d'avoir été tiré de mon sommeil malgré moi.

— Parce que nous allons au grand prix hippique !

Cette fois, ce n'est pas mon garde du corps qui vient de parler mais de ma nouvelle amie qui débarque dans ma chambre telle une furie. Elle ne fait même pas attention à la femme qui se trouve près du lit, les bras croisés dans le dos, et saute près de moi sur la couette avec une immense sourire aux lèvres.

— C'est qui ? me demande-t-elle en lorgnant vers la fiancée de Frankenstein.

— Je suis l'agent Ingrid Hofman et je me charge de la sécurité de Madame Smith.

Un robot. Cette meuf est un robot…

— Ma pauvre, reprend la petite sœur du prince. Maintenant, bouge tes fesses l'américaine, on doit te trouver des vêtements pour aujourd'hui.

Elle saute du lit et se précipite vers mon dressing. Bien que je l'ai découvert hier, je reste toujours aussi surprise d'y voir l'étendue de son contenu.

— Vous comptez rester là encore longtemps ? demande Léonie à mon garde du corps.

— La Princesse désire-t-elle que je quitte la pièce ? lui répond-t-elle d'une voix robotique.

— En effet, dégagez de là !

Je suis surprise d'entendre Léonie lui parler de cette manière, elle qui me semble si douce depuis notre rencontre me déroute en se montrant tout d'un coup si froide.

— Pourquoi lui as-tu parlé comme ça ? lui demandé-je dès que mon garde du corps franchit la porte.

— Je l'aime pas ! Méfies toi de tout le monde Abby, ici on ne peut faire confiance à personne.

J'opine, conscienteconscience que ce qu'elle dit est vrai. Les images de Sofia quittant la chambre du connard en costard me reviennent en mémoire et m'ôtent tout sourire.

— Qu'est-ce que tu as ?

Je ne sais pas si je dois lui révéler ce que j'ai vu. Après tout, elle vient juste de me dire que je ne dois faire confiance à personne. Néanmoins, si je ne peux pas me confier à elle, à qui pourrais-je ? C'est la seule ici qui me témoigne un peu de sympathie et j'ai vraiment besoin de lui dire ce que j'ai sur le cœur.

— J'ai vu que Sofia sortait de la chambre de ton frère en plein milieu de la nuit.

A mes mots, Léonie s'immobilise. Elle se tourne, tenant toujours la robe bleu nuit dans les mains et me fixe étrangement.

— Mais quelle grosse pétasse celle-ci !

Je grimace. En effet, je ne pourrais dire mieux. Il n'y a rien entre Ace et moi mais je suis censée tenir le rôle de petite amie aux yeux de tous et j'ai bien l'intention de mener cette mission avec brio. J'ai besoin de cet argent, mon avenir en dépend.

— Je serais toi je ne m'inquièèterais pas trop ! Alex la déteste et je doute qu'il ait cédé à sces avances.

— Pourtant, il était vraiment très tard et elle semblait venir de...

Je n'arrive pas vraiment à dire le mot. Il reste bloqué entre mes lèvres comme si je ne devais pas le prononcer.

— Quoi ? Baiser ?

— Oui, elle avait les cheveux en pagaille et ses joues étaient rouges.

— Elle pourrait tout aussi bien avoir pleuré car il l'aurait rejetéerejeté. Ne te mets pas ça dans la tête Abby, si t'es ici ce n'est pas pour rien.

Je fronce les sourcils et la regarde. Que va-t-elle s'imaginer ? Je ne suis pas jalouse. Si Ace veut se taper cette fille c'est son problème. Mais je n'ai simplement pas envie que sa relation avec cette pétasse mette en péril ma mission ici. Sachant que Léonie est au courant de cet accord, je me crois bon de lui rappeler :

— Il peut coucher avec elle si ça lui fait plaisir, mais j'aimerais juste qu'il fasse ça discrètement.

— Mais bien-sûr ! Ça ne te fait rien peut-être ?

Qu'est-ce que ça devrait me faire au juste ? Nous avons couché une fois ensemble. Enfin... Deux si on compte bien les choses et même si j'avoue que le baiser qu'il m'a offert hier m'a quelque peu excité, ça ne représentait rien.

— Non, rien du tout. Tu sais très bien pourquoi je suis ici.

— Mouais, et bien c'est bien dommage ! Mais bon, ce n'est que mon avis. Que penses-tu de cette robe ? me demande-t-elle en changeant de sujet.

— Elle est jolie.

— Parfait ! Allez change toi vite avant qu'on se fasse engueuler pour notre retard.

Elle me balance le vêtement entre les mains et retourne s'asseoir sur mon lit.

Après m'être lavélaver les dents, douchédouchés et changéchangés, je ressors enfin prête. Je dois reconnaître que Léonie a vu juste car la robe que je porte est parfaite. Elle tombe juste sous mes genoux et elle a une coupe cintrée mettant ma silhouette en valeur. J'ai pris soin de démêler mes cheveux et de magnifiques boucles cascadent sur mes épaules. La salle de bains disposait également d'une trousse à maquillage contenant tout le nécessaire pour me faire un ravalement de façade et j'en ai fait bon usage.

— T'es trop canon ! me complimente Léonie.

Je ne masque pas mon sourire et sens mes joues s'empourprer face à son compliment. Je ne suis pas à l'aise pour les recevoir ayant bien trop entendu l'inverse par le passé.

— Merci.

— Allons rendre Sofia verte de jalousie ! T'as intérêt à la rendre dingue !

Nous descendons au rez-de-chaussée et dès l'instant où je franchis les dernières marches, Ace se retourne. Son regard d'acier se pose sur moi et me fait vibrer, néanmoins je détourne vite les yeux car je ne veux pas lui montrer qu'il m'intimide. J'ai encore les images de Sofia sortant de sa chambre dans la tête.

— C'est pas trop tôt, nous allions partir sans vous.

— Même pas en rêve grand frère ! Vous ne pouvez pas partir sans les plus belles femmes du Grand Prix.

Ace lève les yeux au ciel et fait un signe de tête aux gardes pour qu'ils nous ouvrent les portes. Frankenstein dans mon dos est vite rejoint par le garde du corps super sexy de Léonie. Je fais la moue à ma nouvelle amie qui rigole en comprenant vite mon message caché.

La vie est vraiment trop injuste !

Dès l'instant où je franchis les portes du château, je suis surprise par le courant d'air frais qui me traverse. Est-ce la proximité que Ace vient de nous imposer qui me glace ou cette brise fraîche qui me frôle?. Quoi qu'il en soit, je réalise seulement maintenant que je n'ai pas eu la brillante idée de mettre une veste.

Ace m'attrape par le bras un peu trop brusquement et nous amène jusqu'à une grosse berline noire. Je jette un œil par-dessus mon épaule et réalise avec tristesse que Léonie est conduite vers une autre voiture. Je vais donc me retrouver seule avec le prince de glace.

Je pénètre dans le véhicule et suis surprise de me retrouver dans l'obscurité. Les vitres sont teintées et bien que je puisse voir l'extérieur, je constate sans difficultés que ce n'est pas le cas de l'autre côté. Quand Ace s'installe à son tour et que son garde du corps referme la porte, j'ai l'impression que nous sommes coupés du monde.

Le véhicule prend rapidement la route alors que le Prince ne m'offre aucun regard et qu'il reste les yeux rivés sur son téléphone. Voyant qu'il m'ignore, j'en fais de même et observe le paysage à travers la vitre. La nature est trèsnature très présente, beaucoup plus que dans la ville où je vivais. Des collines à perte de vue s'étendent devant moi m'offrant un camaïeu de verdure que j'apprécie étrangement. J'ai toujours été habituée au côté très aride du Nevada.

— Essaye de bien te tenir aujourd'hui et ne me fais pas honte, lâche Ace d'une voix glaciale.

Je me tourne vers lui et le fusille du regard mais le connard a toujours les yeux rivés sur son écran et me balance une saloperie sans même me regarder.

— Et toi tu pourrais éviter de baiser la première salope venue alors que nous sommes censés faire semblant d'être ensemble.

Ma phrase a le mérite de le sortir de son inspection bien poussée de son téléphone. Il range l'appareil dans la poche intérieur de son costume sombre puis lève ses yeux vers moi tout en esquissant un sourire.

— Jalouse ?

Merde ! Il ne réfute même pas la venue de Sofia dans sa chambre hier soir. Le simple fait d'imaginer l'autre connasse coucher avec lui me donne des hauts le cœur. Rien à voir avec un quelconque sentiment de jalousie, j'ai simplement l'impression d'être prise pour une cruche.

— Non, je suis loin d'être jalouse.

— Ce n'est pourtant pas ce que ta remarque laisse penser.

Il n'a pas tort et il est grand temps que je mette les choses aux clairs.

— Ne prends pas tes désirs pour une réalité mon cher Prince. Pour être jalouse il faut avoir des sentiments et sache que c'est loin d'être le cas.

— Alors pourquoi me faire une scène ? J'ai encore le droit d'assouvir quelques besoins à moins que tu te proposes pour les combler…

A ces mots, il lève une main vers mon visage et caresse tendrement ma joue. Je me dégage de son contact dès l'instant où il me frôle, néanmoins, je ne peux nier que son simple effleurement vient de me voler un frisson.

— Je ne te fais pas une scène ! Mais je te signale que si je suis là, c'est justement pour améliorer ton image donc si tu ne me facilites pas la tâche, ça ne va pas le faire.

— Je vois, lâche-t-il comme si mes paroles l'avaient blessé.

La conversation semble être terminée et pourtant je bouillonne. La simple idée qu'il évoque le fait que je puisse combler ses éventuels besoins sexuels m'agacent. Non pas que je n'en ai pas envie. En fait, si ! Je ne suis pas une prostituée ! Hier, il ne s'est pas gênée pour dire que je n'étais qu'une pute et si c'est l'image qu'il a de moi, il se trompe.

— Je ne suis pas une prostituée ! lâché-je en me tournant vers la vitre de la voiture.

— Ce n'est pas ce que j'ai dit.

Je pivote de nouveau et le fusille réellement du regard. Il m'énerve grave ! Pourquoi n'assume-t-il pas ses paroles ? S'il compte me faire passer pour une folle, il rêve !

— Ah bon ? C'est pourtant le terme exact que tu as utilisé hier !

Cette fois, le ton monte. Je n'arrive plus à me contrôler. Mais dans un sens, il est préférable qu'on brise la glace dans cette voiture aux vitres teintées et disposant d'une paroi nous séparant du chauffeur que lorsque nous nous trouverons à l'hippodrome.

— J'étais énervé.

Son ton est froid et sec. Il me fixe de son regard d'acier sans détourner les yeux. Il m'affronte, et face à lui, j'ai l'impression d'être au bord d'un précipice sur le point de tomber.

— Ca ne te donne pas le droit de me manquer de respect.

Je ne me laisserais pas démonter. C'est hors de question.

— Je suis désolé.

Surprise, j'arrondie les yeux et sens mon cœur faire une embardée dans ma poitrine. Je ne m'y attendais pas. Il est si ambivalent…

Contre toute attente, et sans que je n'ai anticipé quoi que ce soit, Ace s'empare de mon visage entre ses grandes mains puissantes et plaque ses lèvres contre les miennes. Je suis incapable de lui résister et répond à son baiser avec ferveur. La colère accumulée se mêle au désir et nos langues se mêlent rapidement à ce ballet fervent. A bout de souffle, alors que je pourrais rester encore des heures à l'embrasser, le véhicule s'immobilise et met fin à notre étreinte.

Il s'éloigne de moi aussitôt et reprend une posture détachée qui semble également naturelle. La porte s'ouvre et il quitte la voiture sans même m'offrir un regard. Je suis littéralement choquée. Tant par le baiser qu'il vient de me donner que par son indifférence immédiate. Néanmoins, alors que j'entends les clics des photographes résonner à l'extérieur, je remarque sa main tendue vers moi pour m'aider à sortir. J'hésite à l'accepter car je me sens blessée par son comportement, mais je tente de rester professionnelle et l'accepte malgré moi. Nos mains scellées l'une à l'autre, je sors de la voiture en prenant une grande inspiration. Dès l'instant où je pose un pied à terre, nous sommes mitraillésmitraillées par les paparazzi de toute part. Je souris tout en sentant mes joues s'échauffer et nous prenons la pause l'un à côté de l'autre comme si nous avions fait ça depuis des années. D'autres véhicules se garent derrière lea nôtre et les photographes se précipitent vite vers les autres voitures pour obtenir quelques clichés. Seul l'un d'eux reste face à nous attendant un geste ou un mot de nous.

Alors Ace se tourne vers moi, comme s'il s'apprêtait à déposer un baiser sur ma joue. Mais il n'en fait rien, au lieu de ça, il se contente de murmurer contre mon oreille :

— Je n'ai pas couché avec Sofia, la seule que j'attendais c'était toi

Chapitre 22 – Ace

Je n'aurais rien dû lui dire et regrette presque immédiatement mes paroles. Néanmoins, je ne pouvais la laisser penser que je couchais avec Sofia alors qu'elle se trouvait dans la chambre qui fait face à la mienne.

— Viens, nous sommes attendus.

Elle opine et ne dit plus un mot. Sa main dans la mienne, je l'entraîne sur le tapis rouge qui mène à la tribune présidentielle. J'ai toujours aimé les courses de chevaux, l'adrénaline que l'on ressent quand le cheval Sur lequel l'on a parié est au coude à coude avec un autre. Ce n'est pas une question d'argent, c'est juste un jeu et le plaisir de voir l'animal se dépasser dans la course.

J'entraîne Abby jusqu'à la tribune et prends le temps de saluer le peuple présent pour obtenir ne serait-ce qu'un regard de notre part. Je sais que je dois faire bonne figure pour prouver à mon père que je suis capable de prendre sa suite. Dès que j'aurais le cul sur le trône, j'abolirais la monarchie et toutes les règles qui la régisse. Mon seul but est de permettre à ma sœur d'épouser l'homme qu'elle choisira et surtout qu'elle aimera. Si j'échoue à ma mission et que mon père me destitue à mon tour, il lui choisira son futur époux et je le refuse !

Nous nous installons dans les tribunes situées au centre de la piste. Sous nos pieds se trouve une sorte de réception qui sert champagne et petits fours. Il est à peine onze heures et pourtant si j'en crois les quelques ministres que nous croisons, ils ont déjà enchaîné pas mal de flûtes.

— Tu as déjà joué ? demandé-je à Abby.

Elle hoche la tête négativement. Je lui explique donc rapidement le principe alors que nous nous installons en plein soleil. Malgré cela, la température reste fraîche. Je remarque rapidement que les poils des avant-bras d'Abby sont dressés et tel le Prince que je suis censé être, je retire ma veste pour la poser sur ses épaules. Nous sommes à la vue devu de tous et il est essentiel que je joue mon rôle. Elle semble surprise et pourtant si elle me connaissait réellement, elle saurait que je peux me montrer ainsi. J'ai été ce genre de mec, mais je ne le suis plus. A présent, je joue un rôle. Rien de plus.

L'agent Hofman est aux côtés de Paul et si j'en crois la tronche que tire mon pote, il n'est pas ravi. Je l'ai choisi pour cette seule et unique raison. Si elle pensait sérieusement que j'allais lui mettre le genre de garde du corps que choisitchoisi ma sœur, elle se fout le doigt dans l'œil. Tant qu'elle sera sous notre toit, le seul qu'elle doit avoir en tête c'est moi. La simple vision de la jolie brune se caressant en pensant à moi m'excite et en même temps, il est essentiel que je garde la tête froide. Même si l'envie de l'embrasser et de la baiser tourne en boucle dans mon crâne, je ne peux pas me laisser aller. Elle n'est que de passage et dans quelques semaines, une fois que tout le monde croira à cette histoire, elle retournera chez elle.

— Souhaitez-vous parier votre Altesse ?

Une très jolie jeune femme se place face à moi. Blonde à la silhouette séduisante, elle aurait en temps normal attiré immédiatement mon intérêt. Mais je ne peux pas me comporter comme je le ferais habituellement, je suis censé être en couple. Alors je détourne le regard et lui tends un billet en lui indiquant le nom du cheval que je compte jouer dans la prochaine course. Quand elle réalise que je ne lui porte aucun intérêt, elle se tourne ensuite vers Abby et si j'en crois le ton plus sec qu'elle utilise je comprends qu'elle est vexée.

— Et vous ?

Je me tourne vers ma fausse petite amie et réalise que ses joues s'empourprent. Elle hoche de nouveau la tête de gauche à droite en baissant les yeux. Je sors un nouveau billet de ma poche et le tend à l'hôtesse.

— Prenez les paris de Mademoiselle Smith.

— Non, ça ira je vous remercie, reprend Abby.

— Ne fais pas l'idiote, tu ne vas pas rester les bras croisés. Tu viens de la ville du jeu donc profite du nôtre.

L'hôtesse ne sait plus où se mettre, hésitant entre prendre mon billet et suivre les directives de ma jolie brune. Néanmoins, je suis le Prince et le seul qui décide entre elle et moi, c'est moi !

— Tenez ! ordonné-je à l'hôtesse.

— Souhaitez-vous que je pari sur le même cheval que votre Altesse ?

— Non, lâche cette fois Abby plus froidement.

Elle s'empare du programme et cherche la course dans la liste. Elle pointe du doigt l'un d'eux et je fronce les sourcils en découvrant son nom.

— Mademoiselle Smith, il s'agit de l'outsider, reprend l'hôtesse pour la conseiller.

— Et bien justement !

Gênée, l'hôtesse hoche la tête et prend le pari avant de nous laisser.

— Je n'ai pas besoin de ton argent, lâche-t-elle.

Je souffle et lève les yeux au ciel. Elle ne peut pas le voir car je viens d'abaisser mes lunettes de soleil sur mon nez. Néanmoins, mon dos droit et mes doigts crispés sur le fauteuil trahissenttrahit mon état.

—Bien-sûr que si tu n'as pas un rond.

Alors que je lui balance ces mots, je réalise que le roi nous fixe. Un tumulte d'émotion fait rage en moi à cet instant. Je ne supporte pas qu'il pose ses yeux sur elle. Des images de mon père et de mon ex petite amie s'infiltrent dans mes pensées et sont remplacées par Abby dans le même lit que le roi.

— A vouloir agiter ton fric sous les yeux j'ai vraiment l'impression que tu me considères comme une pute.

Elle me gonfle. Je pensais le sujet clos !

— Si c'était le cas je te baiserais mais ça n'arrivera plus.

J'ai pourtant dit le contraire dans la voiture, je le sais. Mais je ne peux pas le lui dire. Je regrette déjà les mots que j'ai prononcé tout à l'heure. Elle ne doit pas se faire de fausses idées. Même si j'en éprouve l'envie irrépressible, je ne recommencerais pas deux fois la même erreur.

— Tu dis ça comme si ça te dégoûtait.

C'est bien l'inverse. Je désire cette femme comme ça a rarement été le cas auparavant. Quelque chose en elle me touche et m'excite. Mais je sais aussi que cette attirance que j'éprouve est dangereusex et que je dois rester droit dans mes bottes.

— C'est peut-être le cas.

Je mens sans détour alors que la course commence. Je tente de rester les yeux rivés sur la piste mais Abby n'a pas l'intention de lâcher le morceau. J'aime sa détermination autant qu'elle m'agace. Ne peut-elle pas simplement fermer sa gueule.

— Pourtant c'est bien toi qui as voulu remettre ça.

Oui... J'ai voulu et si c'était possible, je la baiserais sur cette chaise aux yeux de tous. Mais c'est fini. Tout ça ne restera qu'un souvenir. Un beau souvenir.

— Oui c'était à Vegas. Ne dit-on pas que tout ce qui se passe à Vegas reste à Vegas ?

Mon cheval est en tête, c'était le favori. Je n'ai pas besoin de cet argent, je joue juste par plaisir, rien de plus.

— Dans ce cas, pourquoi m'avoir fait ramener ici ?

— Ce n'était pas mon choix, on me l'a imposé.

Contre toute attente, le cheval qu'Abby a choisi accélère et remonte les autres sans difficultés. La foule est en délire et je me concentre uniquement sur la course et sur la remontée phénoménale de son cheval. Cela a au moins l'avantage de nous concentrer sur autre chose que nous. Mon cheval est sur le point de perdre, ils sont au coude à coude. Abby se lève de sa chaise, je l'imite. A bout de souffle, concentrés sur la course, plus aucun de nous ne parle. En bas, c'est l'euphorie qui gagne la foule. Les parieurs crient pour la plupart le nom de mon cheval mais la voix d'Abby se fraye un chemin parmi eux alors qu'elle encourage le sien.

— Rose du vent gagne la course ! scande le speaker.

— Oui !!!!!!! hurle Abby surexcitée.

Et merde… J'ai perdu.

Elle saute en l'air, ne cache pas sa joie et l'espace d'un instant je contemple son si joli visage radieux. Elle se tourne vers moi, me nargue et bien que je sois dégoûté d'avoir perdu, je n'arrive pas à le ressentir tant la joie qui s'exprime sur ses traits m'apaisent. Elle est si belle..

— T'as perdu !

Pas vraiment.

— Je sais.

L'ambiance s'allège, se détend. Malheureusement c'est de courte durée.

— Pouvons-nous nous joindre à vous ?

Trop occupé à regarder la course, j'en avais oublié la présence de mon père. Accompagné de Sofia, il s'installe sur les sièges près de nous et me coupe immédiatement ma joie.

Chapitre 23 – Abby

Je lève les yeux vers le roi qui se moque d'entendre notre réponse tandis qu'il s'installe avec sa poufiasse près de nous. Je tourne la tête vers Ace, cherchant son soutien. Malheureusement pour moi, il part dans une grande conversation avec son père où je n'ai pas ma place alors que Sofia m'offre un large sourire. Si elle pense que nous allons pouvoir bavarder comme deux amies, elle se fourre le doigt dans l'œil ! Où est-ce que se trouve Léonie ? J'ai bien besoin de son soutien !

— Bien dormi ? me lance Sofia.

— Comme un bébé, lâché-je au bord des lèvres.

Je tente de l'ignorer, me concentre sur la nouvelle course qui débute. L'hôtesse s'est approchée de nous pour prendre les paris mais le Prince étant en pleine conversation avec le roi, elle n'a pas osé les déranger. J'aurais bien pris un pari juste pour que je penser à autre chose qu'à la présence gênante de Sofia.

— J'avoue que personnellement, après avoir fait autant d'exercice j'ai trouvé le sommeil rapidement.

— Tu parles, ce n'est pas ce que Ace m'a dit, lâché-je discrètement pour ne pas que le roi m'entende.

— Et tu le crois ?

De nouveau, les paroles de Léonie s'immiscent dans mes pensées. Je ne dois faire confiance à personne et j'imagine que je dois surtout me méfier de Sofia qui va chercher à semer la zizanie dans mon esprit.

Je ne prends pas la peine de répondre et me lève de mon siège.

— Pardonnez-moi, je vais aller me rafraîchir.

J'offre un sourire au Prince et au Roi tout en mimant une sorte de révérence maladroite. Je ne suis pas à l'aise avec ce genre de chose et j'imagine que cela se voit et se ressent mais je tente tout de même de faire bonne figure car il est essentiel que je joue mon rôle à la perfection.

Je traverse l'immense estrade et descends les marches pour me rendre à l'étage inférieur. Ici se tient une véritable réception où champagne et petits fours sont proposés à volonté. Je cherche à travers la foule la trace de Léonie mais je ne la vois pas. Où est-ce qu'elle peut bien être ? Je m'empare d'une coupe de champagne que l'un des serveurs propose et me balade librement à la recherche de la sœur du prince. Très vite, je remarque Frankenstein qui me suit et je ne suis pas à l'aise à l'idée d'être épiée. Alors je marche plus vite et accélère la cadence. Mais je serais idiote de croire que je pourrais semer mon garde du corps aussi facilement, alors je profite de voir une foule de personne face à moi pour me fondre dans la masse et tenter de la perdre à travers elle. Les gens ne me connaissent pas encore et j'ai la chance de passer inaperçu entre eux. Il faut dire qu'ils sont tous galvanisés par la course qui se déroule sous leurs yeux. Ils scandent le nom des chevaux pour lesquels ils ont parié, certains d'entre eux brandissent leur ticket comme si leur acte pouvait les aider à gagner. Les esprits s'échauffent ce qui me permet de me fondre dans la masse.

Au bout d'un certain moment, alors que les chevaux franchissent la ligne d'arrivée et que les individus qui m'entourent sont soient heureux, soient déçus, je parviens à m'extrairet de la foule. Je lorgne par-dessus mon épaule et réalise avec soulagement que Frankenstein ne me suit plus. J'avise face à moi un rang d'écurie où palefrenier, jockey et entraîneurs se préparent à la prochaine course. Des crottes de cheval s'étendent sur le chemin qui mène aux écuries, l'odeur du foin vient chatouiller mes narines. N'ayant jamais eu la chance de voir un cheval de si près, je m'aventure de ce côté-là, curieuse de le voir en chair et en os. Je m'approche tout doucement et quand je réalise la hauteur et la prestance impressionnante de l'animal, j'ai un bref mouvement de recul. Mon dos heurte quelque chose où devrais-je dire quelqu'un. Je me retourne et découvre avec surprise qu'il s'agit d'un homme.

— Est-ce que je peux vous aider ?

Je détaille l'individu des pieds à la tête. Il ne s'agit pas d'un jockey car il ne porte pas l'une des casaques des écuries présentes ici. Je n'y connais pas grand-chose mais avant que le Roi et que Sofia arrivent, Ace m'avait expliqué quelques termes et surtout donné des informations sur le déroulement des courses et du monde hippique.

— Désolée, je me suis perdue, lâché-je gênée.

— Vous n'avez pas à l'être. Vous souhaitez le caresser ?

L'homme qui me fait face est blond, ses cheveux boucles sur sa nuque et ses yeux rieurs sont d'un vert semblable à deux émeraudes. Il me paraît immédiatement chaleureux et agréables ce qui est rare depuis mon arrivée ici.

— Je ne pense pas que ce soit approprié.

— Et pourquoi pas ? Je suis propriétaire de ce cheval et je suis certain qu'il apprécierait de se faire caresser par une aussi belle femme que vous.

Mes joues s'empourprent en accueillant son compliment. J'ai encore du mal à m'y faire et pourtant dans son regard, je ne perçois aucune forme de drague ni de faux semblant. J'opine donc sans masquers le sourire qui étire mes lèvres. Néanmoins, je sens mon cœur pulser dans ma poitrine quand il ouvre la porte du box et que je réalise que l'animal est encore plus impressionnant qu'il paraissait camoufléer derrière la porte de son enclos.

— Je vous présente Fortuneo de Viette, il s'agit d'un hongre de trois ans. Venez, il ne va pas vous mordre.

Il me tend sa main pour m'encourager à lui offrir la mienne comme pour guider mes gestes. Face au cheval, je me sens toute petite. Timidement, je glisse mes doigts dans sa paume et le laisse la guider jusqu'à la crinière de l'animal.

— Il faut toujours garder la main bien plate et bien droite, il apprécie beaucoup les caresses sur le haut de son crâne.

Je m'exécute et rapidement l'homme abandonne ma main pour me laisser faire par mes propres moyens. Je vois dans le regard du propriétaire qu'il a un attachement certain pour son cheval. Pourtant, alors que j'avais regardé la course et réalisée que les chevaux se prenaient un bon nombre de coup de cravaches pour avancer plus vite, j'avais le sentiment qu'ils n'avaient aucune compensation pour les animaux qui faisaient pourtant de leur mieux.

— J'ai l'impression de vous avoir déjà vu quelque part, me demande-t-il.

Je me tourne vers l'homme en fronçant les sourcils. C'est ma première sortie en public et il est impossible qu'il m'ai reconnu dans l'un des magazines people qui a publié ma photo car j'étais de dos.

— Je ne pense pas, je ne viens pas d'ici.

— Je vois.

Nous restons de longues minutes silencieuses l'un à côté de l'autre. Lui me fixant et moi caressant l'animal.

— Abby !

Le ton froid et tranchant de Ace me pousse à m'éloigner du cheval. Je me retourne comme prise la main dans le sac vers le Prince qui s'avance vers moi avec Frankenstein et Paul sur les talons.

Quand le propriétaire du canasson le remarque, il se fige. Ses yeux verts s'arrondissent de surprise et il effectue immédiatement une révérence en voyant le Prince s'avancer vers lui.

— Votre altesse, lâche-t-il.

— Qu'est-ce que tu fous ici ? me lance le Prince avec colère sans même accorder un regard au propriétaire.

— J'avais besoin d'air, lui réponds-je sur le même ton.

Il s'avance vers moi et me saisit le bras fortement. Je n'apprécie pas qu'il se comporte de cette manière mais je sais également que si je riposte, cela pourrait nous porter préjudice à l'un comme à l'autre.

— Nous y allons !

Sa phrase ne laisse place à aucune protestation de ma part. Quand je le vois ainsi, j'ai l'impression d'être face à son père. Ce mec est tellement ambivalent que je n'arrive plus à le suivre.

— Mais ce n'est pas fini.

Je remarque sur les lèvres de Frankenstein qu'elle est ravie de voir le Prince se mettre en colère contre moi. Salope !

— Maintenant, ça l'est !

Ace et moi nous affrontons du regard. Mes yeux sombres plongent dans ses deux billes d'acier. J'y lis une telle colère que cela me surprend. Sa mâchoire est serrée et son visage est fermé. Je sais que ça ne sert à rien de me rebeller et pourtant, je ne supporte pas de le voir se comporter comme ça avec moi.

— Très bien ! lâché-je sur le même ton.

Je me dégage de sa prise et me tourne vers le propriétaire du cheval qui garde les yeux rivés au sol. Je tends ma main vers lui et l'encourage à relever la tête. Il s'exécute et lorgne vers le Prince comme s'il attendait son accord pour me toucher. Alors j'agite ma main vers lui et lui offre un sourire gêné. Il l'accepte et je sens sa poigne timide trembler.

— Merci de votre accueil Monsieur.

— Je suis honoré de vous avoir rencontré, Fortuneo gagnera la prochaine course pour vous.

Ace le fixe d'un regard sévère, ses poings se crispent le long de son corps. L'homme en question, d'une voix mal assurée, se reprend aussitôt.

— Pour vous... pour la couronne...

— Abby ! On y va !

— Merci encore, lâché-je à l'inconnu.

Je perds mon sourire et me tourne vers le Prince et le suit en contenant la colère qui m'anime. Nous franchissons la foule avec nos deux gardes du corps qui nous facilitent l'accès et dès l'instant où nous nous engouffrons dans le véhicule, ma colère explose.

— T'étais obligé de te comporter comme un connard ?

Le regard orageux, il fixe un point invisible face à lui et sa mâchoire est si crispée que je crains que ses dents ne se cassent les unes contre les autres.

— Parce que tu crois que c'est un comportement normal pour la petite amie du Prince d'aller draguer n'importe qui ?

Je rigole amèrement alors que le véhicule s'engage sur la route.

— Je n'étais pas en train de le draguer, nous étions tous en train de parler. Tous les mecs ne sont pas comme toi à avoir des idées mal placées dans le crâne !

— Tu es naïve si tu crois que les hommes ne sont pas intéressés. Tu devrais le savoir pourtant vu d'où tu viens.

Ses paroles me blessent bien plus qu'il ne l'imagine. Encore une fois, il me montre le peu d'intérêt qu'il me porte et surtout comment il me considère. Je ne suis qu'une traînée qu'il a rencontré dans un bar, rien de plus. Je croise les bras sur ma poitrine et fixe droit devant moi, agacée mais surtout blessée.

L'instant d'avant il m'embrasse, l'instant d'après il se comporte comme un connard...

Chapitre 24 – Abby

Depuis l'instant où nous avons franchit les portes du palais, je me suis enfermée dans ma chambre sans en sortir. Dans cette pièce, j'effectue des vas-et-viens sans parvenir à contenir ma colère. Je sais que ce soir je devrais l'affronter de nouveau durant le repas et qu'il est important que je me calme avant de le revoir. Je ne peux pas m'emballer de la même manière qu'hier soir car si Ace a trouvé une façon de ne pas me corriger devant son père, il ne parviendra pas à réitérer de nouveau. De plus, vu la colère qui l'animait tout à l'heure, je doute que cette fois-ci il me protège.

Je me dirige vers la salle de bains et prends une longue douche brûlante pour détendre mes muscles. J'en profite également pour me laver les cheveux et quand j'en sors, je me sens plus détendue. Néanmoins, je ne peux m'empêcher d'éprouver un sentiment de malaise enfermée entre ses quatre murs. J'ai l'impression d'être prisonnière. Je ne peux parler à personne et pourtant j'ai terriblement besoin de parler à mon fils. Entendre sa voix, me convaincre que ce que je fais ici est bien et que surtout me donner le courage de continuer. Cette mission est censée durer trois mois mais le comportement ambivalent de Ace ou la folie du Roi me poussent à abandonner.

Je prends une profonde inspiration et me décide d'aller parler à Ace. Je dois le voir avant ce repas car sinon ça va me ronger. J'ai peur de ce qu'il peut arriver, de ne pas réussir à tenir face aux provocations du Roi ou de Sofia. Je devrais peut-être trouver Léonie pour lui demander de la drogue, peut-être que je serais plus détendue. Mais je n'ai jamais touchéer à ce genre de merde et ce n'est pas maintenant que ça commencera !

Je sors de ma chambre et m'avance d'un pas tremblant vers celle du Prince. Des gardes sont postés de chaque côté de la sienne et je suis gênée de leur demander de m'ouvrir. Mais étrangement, je n'ai même pas besoin d'ouvrir la bouche qu'ils s'exécutent et me laisse pénétrer dans la chambre de Ace.

— Ace ?

Sa chambre est beaucoup plus spacieuse que la mienne. Elle dispose d'une bibliothèque attirante et d'un grand bureau en bois. Son lit est installé au fond de la pièce, il est si vaste que quatre personnes pourraient y dormir sans se toucher. Les draps sont tirés et l'image de son corps et de celui de Sofia s'immiscent dans mes pensées. Dois-je lui faire confiance quand il m'a dit qu'il ne s'était rien passé hier ? Elle est si belle et sa petite nuisette laissait peu de place à l'imagination. Comment aurait-il pu la rejeter alors qu'elle le charmait ? C'est un homme après tout et lui-même a dit pas plus tard que tout à l'heure que tous les hommes étaient intéressés.

— Ace ? répété-je plus fort.

Voyant que je n'obtiens aucune réponse, je m'avance vers la bibliothèque et touche du bout du doigt les couvertures assez anciennes pour certaines d'entre elleseux. Les a-t-il lu ?

— Qu'est-ce que tu fais ici ?

Je sursaute au son de sa voix. Je prends une profonde inspiration et pivote survers moi-même pour lui faire face. Néanmoins, bien que je l'ai déjà vu entièrement nu, je me sens gênée quand je le découvre avec pour seul et unique vêtement, une serviette nouée autour des hanches. Il tient dans sa main une autre serviette en éponge blanche qu'il passe dans ses cheveux bruns pour les sécher.

— Je voulais m'excuser.

Ses mots m'arrachent les lèvres mais il est important qu'on brise la glace avant le repas de ce soir.

Il arque un sourcil sans me lâcher des yeux. Son regard d'acier se plante dans le mien comme s'il tentait d'y voir un quelconque mensonge.

— Tu ne penses pas ces mots.

De nouveau la colère me gagne. Bordel de merde, ne peut-il tout simplement pas accepter mes excuses et passer à autre chose ?

— Si ce n'était pas le cas, alors pourquoi serais-je venue ?

— J'en sais rien, à toi de me le dire.

Je lève les yeux au ciel et souffle longuement.

— Ne lève pas les yeux ! Si mon père était là, il exigerait de moi que je te gifle.

— Donc tu as envie de me gifler ? lui réponds-je du tac-o-tac.

— Je ne suis pas mon père, me dit-il d'une voix égale.

Son torse se soulève avec force et attire mon regard. Pourquoi est-il aussi sexy ? S'il était moche, cette mission serait plus simple. Plus simple car je n'éprouverais aucune attirance pour lui et mes sentiments resteraient au point mort. Mais je ne peux nier que dès qu'il est dans la même pièce que moi, dès qu'il est près de moi, mon corps réagit et je me déteste d'éprouver une quelconque attraction pour cet homme odieux.

— Pourtant, tu te comportes comme lui depuis mon arrivée ici.

— Tu penses réellement ce que tu dis ? Si c'était le cas, je t'aurais frappé hier soir.

Il a raison, mais je ne lui ferais pas le plaisir de le souligner.

— Tu parles comme une merde aux domestiques ou aux personnes de ton peuple, lui dis-je en repensant au propriétaire du cheval. Tu couches avec Sofia dès que la nuit est tombée et tu me parles comme si j'étais ta propriété.

Il s'avance vers moi et je prends conscience de son regard orageux. Il est en colère, j'arrive à le lire dans ses deux billes d'acier.

— J'étais en colère, avoue-t-il.

J'arrondie les yeux de surprise. Je ne pensais pas qu'il serait capable d'avouer ses torts.

— Et pourquoi ? Parce que je ne suis pas restée comme une cruche à tes côtés alors que ton ex me narguait d'avoir passé la nuit avec toi ? D'ailleurs, est-ce réellement ton ex ?

— Je t'ai déjà dit qu'il ne s'était rien passé avec elle.

— Pourtant, elle venait de sortir de ta chambre.

— Les apparences sont trompeuses.

— Ecoute, je ne suis pas venue ici pour me disputer avec toi ! Je voulais justement faire la paix mais tu ne me facilites pas la tâche.

Son corps est si proche du miens que j'arrive à en sentir la chaleur qui s'y dégage. Je lève la tête vers lui pour ne pas me retrouver nez à nez avec son torse puissant. Les effluves de son parfum poivré me montent aux nez et m'envoûte. Je ne dois pas me laisser influencer, je dois garder la tête froide.

— Pourquoi tu étais en colère au juste ? demandé-je d'une voix tremblante.

— Parce que tu parlais avec un autre homme que moi.

— Tu étais jaloux ? lui dis-je en riant sous cape.

— Pour être jaloux, il faut déjà avoir des sentiments.

Il reprend mot pour mot ce que je lui ai dit plus tôt dans la journée. Le connard ! Le timbre de sa voix est glacial et pourtant je lis dans son regard une vague de chaleur qui me submerge dès l'instant où mes iris percutent les siens.

— Tu m’emmerdes !

Je m’apprête à frapper son torse mais mes poignets sont prises en étau par ses mains. Il me plaque contre le mur si fortement que mon dos heurte le béton au point de me voler un cri de surprise. Mes mains sont jointes au-dessus de ma tête et m’obligent à creuser le dos et à relever la poitrine. Celle-ci se colle contre son torse, nos bouches ne sont qu’à quelques centimètres l’une de l’autre. Un seul mouvement de la tête et je pourrais l’embrasser. J’en ai envie tout autant que cela me dégoûte. Je ne devrais pas ressentir cette d'attirance pour ce connard mais je ne contrôle pas cette attraction qui persiste entre nous. Je dois m’éloigner de lui ! C’est vital !

— Lâche-moi tout de suite !

Ses lèvres s’étirent dans un sourire alors que son regard d’acier s’accroche au mien.

— Non.

Son ton autoritaire est diablement sexy. Malgré l’animosité qui m’anime, je ne peux nier que cette proximité entre nous m’excite autant qu’elle attise ma colère.

— Tu joues les petits chefs ! J’ai le droit à aucune liberté, ni appel à ma famille, ni même de sortir librement. Je manquais d’air tout à l’heure j’avais juste besoin de m’éloigner de tout ça quelques minutes bordel de merde !

Mon cœur s’emballe dans ma poitrine et mes lèvres sont soudainement sèches de m’être livrée ainsi. Ma colère se mue subitement en un désir violent.

Ace semble blessé par mes paroles, comme si ce que je venais de lui dire était bien plus puissante qu’un coup. Il relâche mes mains et s’apprête à s’éloigner de moi et sans que je ne comprenne ce qui m’arrive, au lieu de laisser mes mains retomber contre mon corps, elles s’enroulent naturellement autour de sa nuque pour l'attirer à moi. L'effet est immédiat. Sa bouche se plaque contre la mienne tandis que mes lèvres s'ouvrent pour accueillir sa langue impatiente. Toute ma colère s'exprime à travers ce baiser tandis qu'il me rend coup pour coup. Sa serviette chute contre le sol alors que son bassin se plaque contre le mien. Je sens l'étendu de son désir pour moi similaire au feu dévorant qui naît entre mes cuisses. La chaleur de sa peau se mélange à la mienne. Je gémis contre sa bouche alors que les mains de Ace glissent jusqu'à mes fesses qu'il presse fermement. Mes doigts abandonnent sa nuque, glissent sur ses épaules.

— J'ai envie de toi, lâché-je contre ses lèvres.

Je ne sais pas ce qu'il me prend. Je ne devrais pas prononcer ces mots. Je ne veux pas lui laisser l'opportunité de me repousser. Il n'a jamais été question de sexe dans ce contrat et pourtant entre nous, c'est ainsi que cela a commencé.

— On ne peut pas, ce n'est pas dans le contrat, lâche-t-il.

Je le sens sourire contre ma peau, j'ai peur qu'il me rejette mais il n'en fait rien. Une de ses mains s'enroule dans mes cheveux tandis que l'autre s'empare de mon sein pressé dans mon t-shirt. Haletante, je m'accrochem'arroche à ses épaules. J'ai terriblement envie de lui que ça en devient douloureux. Mon bassin se presse contre son érection évidente. J'ai besoin de le sentir en moi. L'une de mes mains abandonne son épaule pour glisser entre nous et constater avec force l'étendu de son désir pour moi. Sa peau est douce et brûlante, je me mets à le caresser et l'entends jurer contre mes lèvres. Ses mains se posent sur la ceinture de mon pantalon, prêt à le faire glisser le long de mes cuisses quand des coups résonnent contre la porte. A ce son, nous nous éloignons l'un de l'autre et nous fixons. Le désir entre nous est palpable.

— Tu veux que j'accepte tes excuses Abby ?

J'opine, pantelante, brûlante de désir pour lui…

— Dans ce cas, rejoint moi ici après le repas.

Il dépose un rapide baiser sur mes lèvres et se précipite dans la salle de bains pour aller s'habiller en me laissant seule, complètement paumée.

Chapitre 25 – Abby

Je remonte mon pantalon sur mes hanches légèrement pantelantes. Ace a disparu dans la salle de bains dès que les coups ont résonné contre la porte. Le sourire aux lèvres, l'esprit plus léger, je sors de sa chambre avec la promesse de le revoir ce soir pour éteindre ce feu brûlant qui règne entre mes cuisses.

Dès l'instant où j'ouvre la porte, je suis surprise de me retrouver face à Sofia. Ses cheveux bruns cascadent en de magnifiques boules sur ses épaules. Sa robe bustier presse ses seins l'un contre l'autre et révèle une poitrine beaucoup plus généreuse que la mienne. Sa bouche recouverte d'une rouge à lèvre pourpre s'arrondie de surprise quand elle réalise que ce n'est pas Ace qui sort de la chambre, mais moi.

Les gardes ne l'ont pas laissé entrer dans la pièce tout comme moi ? Cela signifierait-il que Ace leur ai donné des consignes me concernant ?

Je me sens forte et fière face à elle. Forte car je sais à présent que Ace ne ressent plus rien pour elle et qu'elle a bluffé hier soir pour me mettre en rage, fière car ce soir, c'est moi qui me trouverait dans le lit du Prince et non pas elle.

— Abby ?

La mine de cette peste s'assombrit immédiatement et je n'arrive pas à retenir mon sourire qui s'étire sur mes lèvres. Sa bouche pulpeuse capable de tous les vices se pince tandis qu'elle me toise froidement.

— Tu voulais quelque chose peut-être ?

— Qu'est-ce que tu fais ici ? me demande-t-elle sans répondre à ma question.

Sa jalousie est palpable et ne fait qu'alimenter la fierté que je ressens. Je la fixe avec une supériorité qui me surprend moi-même avant de lui répondre avec une voix franche :

— Je suis la petite amie du Prince, c'est donc naturel que je me trouve ici. Néanmoins, je pourrais te retourner la question.

Elle cherche ses mots et s'y reprend à deux fois avant de répondre :

— Je venais simplement voir si Alexander avait besoin de quelque chose.

Elle redresse la tête et bombe la poitrine comme si elle se tenait prête à m'affronter. Mais ce soir, elle ne m'impressionne plus.

— Comme c'est aimable de ta part, mais je pense qu'il serait préférable que tu restes à ta place, lui dis-je avec dédain. Sache que j'ai les choses bien en main.

Je souris en repensant au sexe du Prince entre mes doigts. Dur et pulsant contre ma paume. L'idée de pouvoir en profiter pleinement tout le reste de la nuit s'immisce dans mes pensées. J'ai terriblement envie de lui et si le sexe ne faisait pas parti du contrat, j'avoue que la mise en bouche qu'il m'a offerte lorsque nous étions à Vegas ne fait que tourner en boucle dans ma tête.

Sofia pivote sur elle-même, vexée. Je jubile d'être parvenue u à lui faire fermer sa gueule.

Je retourne dans ma chambre pour me changer et porter quelque chose de plus convenable pour le repas de ce soir. Dans le dressing, j'ouvre le tiroir de lingerie et bien qu'à mon arrivée ici, je ne pensais pas avoir besoin de dessous en dentelles, je souhaite rendre dingue Ace quand il me découvrira à moitié nu.

Fin prête, je descends les marches de l'immense escalier, Frankenstein sur les talons. Ce soir, je ne suis pas angoissée de me retrouver à la table du Roi car à présent j'ai une alliée de choc en la personne de Léonie. Dès que j'avise la place libre à sesces côtés je m'y précipite mais je suis vite interrompu par Ace.

— Installe-toi près de moi.

J'arque un sourcil et après avoir offert un sourire contrit à Léonie, je m'exécute. Sofia se trouve juste en face de lui et je vais devoir faire abstraction du regard noir qu'elle darde sur moi pour tenter de dîner sans heurte. Je sens que l'intérieur de mes joues va être rongé à force de devoir de me retenir de répondre à ces provocations.

Ace s'approche de moi, discrètement, alors qu'il me glisse à l'oreille :

— Tu es très en beauté.

Je n'arrive pas à retenir le sourire qui étire mes lèvres. Pas enclin aux compliments, je commence néanmoins à m'y habituer et à croire qu'ils sont peut-être sincères. Après tout, il me l'avait déjà avoué lorsque nous étions seuls dans cette suite. Des images de sa bouche sur mon corps se rappellent à moi et ne font qu'intensifier la brûlure de mes joues.

— Comment avez-vous trouvé les courses Mademoiselle Smith ?

Je me tourne vers le Roi, en bout de table. Alors que je m'apprête à lui répondre, je sens une main se poser sur ma cuisse, par-dessus ma robe. Les doigts de Ace se resserrent dans un geste possessif et ce sentiment m'excite autant qu'il me terrifie.

— C'était intéressant, j'ai toujours eu le goût du jeu mais je reconnais que c'est la première fois que je me rendais à une course hippique.

Je souris au Roi, pas le moins du monde impressionnée bien au contraire, le fait qu'il ne s'adresse pas à moi pour me rabaisser me donne le courage nécessaire pour lui sourire.

— Pour donner un avis, il aurait peut-être fallu insister à l'ensemble du grand prix, reprend Sofia.

Je me tourne vers Sofia. Un duel du regard s'installe entre elle et moi mais je ne me laisserailaisserais pas intimider. Pas maintenant que j'ai Ace à mes côtés.

— Tu as raison, j'aurais dû rester jusqu'à la fin mais le Prince et moi avions mieux à faire.

De nouveau les doigts de Ace s'impriment sur ma peau. La chaleur de ses doigts provoque une myriade de sensations qui crépite au creux de mon ventre.

Les conversations reprennent sur des sujets plus ordinaires alors que les entrées nous sont servies. Je détaille l'assiette qu'on vient de poser devant moi. Il s'agit de sortes de petites cuisses blanches légèrement dorées où une pellicule verte les recouvrent.

— Qu'est-ce que c'est ? demandé-je curieuse.

— Des cuisses de grenouilles, ils ne font pas ça chez toi ?

Je grimace quand Sofia me donne l'intitulée de l'entrée. Des cuisses de grenouilles, vraiment ? La main de Ace m'abandonne laissant une fraîcheur désagréable. J'appréciais de le sentir me toucher, j'avais l'impression de ne pas être seule, d'avoir son soutien.

— Non en effet, nous ne mangeons pas ce genre de choses.

Je regarde autour de moi en regardant comment ils mangent. Ils utilisent leur couvert et je tente d'en faire de même. Si le plat ne me donne pas l'eau à la bouche, je tente de faire bonne figure et de ne pas vexer le Roi. Ça serait lui donner une raison de plus de me détester. Alors j'en fais de même mais je galère royalement. Néanmoins, je parviens par je ne sais quel miracle à décortiquer un minuscule morceau et je dois reconnaître que ce n'est pas si mauvais que ça. Ça ressemble un peu à du poulet et l'aspect verdâtre est en réalité de l'ail et du persil. Génial ! Je vais avoir une superbe haleine ce soir pour embrasser le Prince ! Tandis que les conversations s'animent autour de moi et que je reste concentrée sur mon entrée, je décide d'y aller franchement. J'utilise les doigts et me régale réellement. Si l'intitulé m'avait dégoûtée je dois reconnaître qu'il ne faut pas s'y fier car c'est délicieux ! Je me régale et une fois mon assiette terminée, je prends conscience que tout le monde a arrêté de parler. Tous les regards sont tournés vers moi et ils me fixent avec stupéfaction. J'ai envie de lâcher un « quoi, qu'est-ce qu'il y a ? » mais je crois que j'ai ma réponse quand je visualise mes mains remplies de beurre d'ail et de persil alors qu'ils ont tous dans leur main des fourchettes et des couteaux.

Oups...

Les assiettes sont débarrassées et l'une des domestiques a la gentillesse de me ramener des petites serviettes humides imprégnées de citron. Je me rince les doigts quelque peu gênée.

— Dites-moi Mademoiselle Smith, nous ferez-vous l'honneur de votre présence à la soirée de charité qui se tiendra la semaine prochaine ?

Je me tourne vers la Reine surprise. Je crois que c'est la première fois qu'elle s'adresse à moi depuis mon arrivée et je ne peux masquer ma stupeur. Une soirée de charité ? Serais-je encore là dans une semaine ? J'imagine que oui, le contrat est prévu pour durer trois mois et pourtant, j'ai le sentiment que je ne tiendrais jamais jusque-là. Je ne sais pas pourquoi, il s'agit d'une simple impression…

— Oui mère, Abby sera là du moins je l'espère.

Ce n'est pas Ace qui lui a répondu mais Léonie. Je lui offre un sourire sincère, reconnaissante de l'entendre intervenir. Néanmoins, j'aurais aimé que ce soit le Prince qui lui réponde comme s'il m'encourageait à rester auprès d'eux. Mais ça n'a pas été le cas.

— Tout dépend d'Alexander j'imagine, reprend sa mère.

— ça c'est sûr qu'avec lui, nous ne sommes sûr de rien, reprend Sofia. Un jour c'est l'une et après une autre.

Je prends sur moi pour ne pas répliquer face à sa pique. Je dois garder en tête ce baiser et surtout cette promesse de le retrouver ce soir.

— J'imagine que l'avenir nous le dira, reprends-je simplement. Mais si je suis toujours ici votre Majestée, je serais honorée de pouvoir y participer.

Cette fois-ci, face à ma réponse, Ace se tourne vers moi et me fixe avec un regard plein de gratitude. Je réalise que mon comportement lui plaît et je dois reconnaître que j'apprécie jouer avec leur règle. J'imagine que j'apprends vite l'art de la mesquinerie.

La reine se tourne ensuite vers le roi et ils discutent du grand prix d'aujourd'hui tandis que les domestiques ramènent le plat de consistance. Cette fois-ci, il ne s'agit de rien d'étrange et je reconnais sans difficultédifficultés la viande rouge et les légumes verts qui l'accompagnent.

Je me concentre sur la viande que je découpe quand le Prince fait tomber sa serviette. Je me tourne vers lui en découvrant le tissu brodé mais réalise très vite qu'il s'agissait d'un prétexte quand je sens ses doigts frôler ma cheville et remonter discrètement le long de ma jambe. Le contact de sa peau est agréable et m'électrise. Des milliers de frissons se dressent sur mon épiderme au passage de ses doigts qui remontent lentement le long de ma jambe pour venir ensuite se perdre entre mes cuisses. Mon souffle se coupe, mon cœur s'accélère. J'ai chaud. Je suis humide. Je me concentre sur la nourriture qui me fait face et pourtant toute mon attention est concentrée sur cette main qui se pose sous le tissu de ma robe sur ma cuisse.

— Pour quelle association allons-nous recueillir des fonds mère ? demande le Prince alors que ses doigts se glissent entre mes cuisses que je referme.

— C'est une soirée à l'honneur des anciens combattants, reprend la reine.

Ace semble être maître de ses émotions alors que moi, je lutte pour ne pas écarter les cuisses et le laisser me caresser. Mais alors que je presse mes jambes l'une contre l'autre, le traître parvient tout de même à repousser mes jambes pour se faufiler sous ma lingerie en dentelle. Je retiens un gémissement quand je sens ses doigts frôler mon intimité. Le Prince converse tranquillement avec sa mère alors qu'il a ses doigts qui caressent mes lèvres humides. Moi ? Moi je tiens mon couteau et ma fourchette en tentant de me cramponner à quelque chose et surtout à me rappeler que nous sommes à table. Heureusement, grâce à la grande nappe en tissu personne ne peut voir ce qui se trame sous mon assiette. Je me tourne vers lui, l'assassine d'un regard brûlant mais quand il pivote vers moi, il m'offre un sourire insolent me prouvant qu'il s'amuse clairement de la situation. Je devrais me lever, quitter cette table avant que ça ne dégénère mais je ne peux pas. Je ne peux pas car cela prouverait une nouvelle fois que je ne respecte pas les us et les coutumes de ce palais. Je ne peux pas car le plaisir qui déferle dans mon corps à chaque passage de ses doigts sur mon clitoris me délecte un peu plus. Je ne peux pas car je n'ai pas envie qu'il s'arrête bien que la situation soit inconvenante.

Alors je cède.

Je cède à ce plaisir que je désire bien plus que je ne veux l'avouer. J'écarte les cuisses avec une honte si puissante qu'elle se répercute sur mes joues en feu. Je le laisse investiguer mon intimité, me caresser avec délicatesse, me pénétrer de son doigt. Je me mords l'intérieur des joues pour retenir les gémissements qui menacent de franchir mes lèvres. Je me cramponne au rebord de la table pour m'éviter de l'attraper par la nuque pour plaquer ma bouche contre la sienne. Mes pieds s'enroulent aux pieds de la chaise, mes orteils se crispent face au plaisir qui inonde mon corps et mon bas ventre. Une vague de chaleur me submerge à mesure que les doigts du Prince me pénètrent.

— Le choix de l'association te plaît Abby ? me demande-t-il en me fixant d'un regard brillant de passion.

Je saisis immédiatement le double sens de sa question.

— Bien entendu, j'ai à cœur de remercier les hommes qui se sont donnés cœur et âme pour votre pays, réponds-je d'une voix essoufflée.

Je n'arrive pas à toucher à mon assiette, bien trop accaparée par les doigts de Ace. Le bougre s'en amuse et reprend ses gestes avec minutie. Ses mouvements sont précis, ses doigts m'amènent au bord du précipice. La nappe en tissu blanche ne ressemble plus à rien tant je la malmène et la serre dans mes mains. Je ferme les yeux accueille la délivrance en me tournant vers lui. Je me retiens de gémir son nom, me retiens de crier, me retiens de jouir. Mais c’est trop fort, c’est trop bon. Alors je serre mes cuisses de toutes mes forces accueillant la déferlante qui me libère.

Un sourire aux lèvres, Ace retire sa main de mes cuisses et alors qu’aucun des membres qui entourent la table nous regarde, il porte son doigt discrètement entre ses lèvres et dit cette fois-ci plus fort.

— Le repas est délicieux.

J’avise rapidement son assiette qui est encore intacte. J’espère que personne ne l’aura remarqué. Quoi qu’il en soit, je compte me venger dès ce soir !

Chapitre 26 – Abby

Nerveuse, je rejoins Ace dans sa chambre avec la ferme intention de le rendre dingue. Néanmoins, dès l’instant où les gardes de sa majesté m’ouvre sa porte, je suis surprise de le découvrir habillé tout en noir, un manteau sombre lui tombant jusqu’aux genoux.

— Euh...

Voilà le seul mot que j’arrive à prononcer. Ace se retourne et esquisseesquisce un large sourire quand il me remarque enfin.

— Le repas a été agréable ?

Le bougre se moque ouvertement de moi. Le feu me monte aux joues au simple souvenir de ses doigts dans mon intimité. Il m’avait demandé de le rejoindre après le repas et j’avais tout bêtement imaginé qu’il comptait poursuivre sur la même lancée une fois seuls dans sa chambre. Mais visiblement, vu sa tenue, je me trompais.

— Où est-ce que tu vas ? lui demandé-je.

— Où allons-nous serait plutôt la bonne question.

J'arque un sourcil, surprise. De quoi est-ce qu'il parle au juste ? j'ai encore mon intimité qui pulse entre mes cuisses et le besoin de le sentir combler ce vide qui le réclame. Néanmoins, je suis curieuse de savoir ce qu'il a en tête. Car visiblement, c'est loin d'être dans son lit qu'il compte aller.

— Où allons-nous alors ?

— Habille-toi, tu risques d'avoir froid.

A ces mots, il se dirige vers une armoire et en sort un manteau noir. Bien trop grand pour moi, il le passe néanmoins par-dessus mes épaules. J'apprécie le contact de son corps contre le miens et surtout sa prévenance chaleureuse. Quand Ace s'empare de ma main, je le suis sans rien dire. Il ouvre une porte dissimulée dans l'une des parois du mur. A première vue, jamais je n'aurais imaginé qu'il puisse y avoir un passage par ici et pourtant, il lui suffit d'appuyer sur la cloison pour que celle-ci bouge et révèle un passage secret. Ma main dans la sienne, j'avance. Mon cœur pulse dans ma poitrine et je ne peux masquer le sourire d'impatience et de joie qui étire mes lèvres.

— Où allons-nous répété-je cette fois-ci plus convaincu.

Ace s'immobilise quelques instants. Il pose ses paumes de part et d'autres de mon visage et rive son regard d'acier dans le miens.

— Tu m'as dit que tu avais l'impression d'étouffer. Laisse-moi t'offrir un peu de liberté.

Il n'a pas conscience à quel point ces mots vibrent à l'intérieur de moi. Mon cœur s'impatiente, mon corps s'anime. Je lui souris largement alors qu'il dépose un rapide baiser chaste sur mes lèvres. Aussitôt a-t-il plaqué sa bouche contre la mienne qu'il me dirige dans les couloirs sombres et étroits du palais. Entourés de pierres, légèrement humides et très étriqués, nous déambulons à l'abris des regards à travers le manoir sans que personne ne puisse nous voir.

Au bout d'un certain moment, ma main toujours prise en étau dans la sienne, nous parvenons au bout de ce couloir et débarquons à l'extérieur. Le froid me happe immédiatement et je suis surprise de constater que la température est totalement différente de celle qui régnait dans les dédales sombres du palais.

— Je comprends que tu étouffes à l'intérieur du château, c'est exactement ce que je ressens. Laisse-moi te prouver que d'autres choses existent.

J'opine. Heureuse et reconnaissante de voir celui que je considérais comme le connard en costard se livrer à moi et surtout faire en sorte que je me sente mieux.

Sans un mot, nous marchons dans la ville quasi déserte. A cette heure-là de la nuit, tout est sombre. Peu d'individus nous croisent et pour la plupart, c'est à peine s'ils nous lancent un regard. Certains ont le regard dans le vide, perdu dans leurs pensées. D'autres ont les yeux rivés sur leur téléphone et nous ne remarque même pas. C'est très étrange. Quand nous étions à l'hippodrome, le peuple de Ace semblait lui porter une véritable adoration mais à présent, dans le monde commun, c'est comme s'il était un individu parmi tant d'autres.

— J'aime me promener sans Escorte. Cela peut paraître dangereux et si cela se savait j'aurais très certainement des problèmes, mais ça me rappelle également que mise à part l'argent dont j'ai toujours pu disposer à outrance comme bon me semble, je ne suis pas si différent d'eux.

J'opine sans être forcément convaincue. J'ai toujours eu tendance à croire que ceux qui ne manquaient pas d'argent avaient comme philosophie que le pognon ne faisait pas le bonheur. Néanmoins à mes yeux, je trouve que c'est très simple de dire ça quand on ne s'est pas retrouvé véritablement dans la merde.

Mais je ne dis rien.

J'ai besoin de voir ce que Ace voit réellement. Qu'apprécie-t-il à travers ces virées nocturnes et surtout, pourquoi m'a-t-il permis de l'accompagner alors que je ne rêvais que d'une chose : m'envoyer en l'air avec lui.

— Pourquoi as-tu choisi de prendre la place de ton frère ?

Je ne sais pas pourquoi je lui pose cette question. Peut-être parce qu'il s'agit de celle que tout le monde se pose. C'est sortit tout seul et bien que je sois persuadée qu'il pourrait faire un bon roi quand je vois le comportement de son père, je suis tout de même surprise de le voir emprunter ce chemin-là. Ace s'immobilise, ma main toujours serrée dans la sienne. Il se tourne vers moi et me fixe d'une mine grave. Les réverbères de la nuit se reflètent sur son beau visage sombre. Ses cheveux bruns en pagaille détonnent avec la mine raffinée qu'il se force à entretenir. Tout en lui n'est qu'une éternelle contradiction. L'homme sage dans un corps de bad boy.

— Si je fais tout ça c'est uniquement pour Léonie. Tu ne connais pas bien mon monde Abby et je le respecte mais les femmes ne sont pas traitées avec le respect qu'elle devrait avoir.

— Qu'est-ce que tu entends par-là ? ne puis-je m'empêcher de lui demander.

— Si je refusais la couronne, tout comme mon frère l'a fait avant moi, elle reviendrait à ma petite sœur sauf que les lois ici sont très misogynes, une femme ne peut gouverner. Si je n'acceptais pas mon rôle, mon père l'obligerait à épouser un homme qu'elle n'aime pas pour que lui gouverner à sa place.

— Mais c'est horrible.

Je ne comprends pas comment à notre époque de telles choses puissent arriver. Nous ne sommes plus au Moyen Age et pourtant depuis le jour où j'ai posé le pied dans ce pays, j'ai le sentiment d'avoir fait un bon dans le passé. S'ils détiennent toutes les technologies possibles à la pointe de la mode, ils restent ancrées dans leur idée dans une ère bien trop lointaine.

— C'est très noble de ta part, ne puis-je m'empêcher de rajouter.

— Je n'ai plus rien à perdre mais ma sœur à tout à y gagner. C'est important pour moi.

Si j'étais courageuse, je crois que je l'embrasserais. Mais les pulsations de mon cœur me dictent de ne rien faire. Je ne dois ni me laisser attendrir, ni même éprouver des sentiments pour le Prince. Il ne s'agit que d'un contrat entre lui et moi, rien de plus.

Nous continuons de marcher dans la ville, traversons des ponts divins qui traversent les fleuves ou les rivières. Au bout d'un moment, Ace se tourne vers moi et me propose :

— Est-ce que tu as faim ?

Faim de lui... Oui... Mais je ne le dirais pas. Alors je hausse les épaules pour savoir là où il veut en venir.

— Une glace ça te dirait ?

Ma foi pourquoi pas. J'ai toujours apprécié les glaces mais j'ai toujours été un peu capricieuse pour le parfum. Je le laisse me guider vers un marchand nocturne, un peu surprise qu'il soit encore ouvert à cette heure tardive de la nuit et me laisse m'emmener jusqu'au comptoir. Il choisi un glace à la pistache puis se tourne vers moi en attendant que je lui donne ma sélection.

— Ca sera du café pour moi.

J'ai toujours adoré ce parfum de glace. Beaucoup trouve que c'est étrange, Travis le premier, mais j'ai toujours apprécié.

— J'aurais parié que tu aurais choisi une fraise vanille.

Un souvenir de notre première rencontre s'immisce dans mes pensées. Il m'avait demandé ce que j'aurais espéré comme soirée d'anniversaire et je lui avais répondu que j'aurais adoré que mon homme me prépare une soirée romantique avec un bon bain chaud plein de mousse, des pétales de rose et une flûte de champagne. Je suis adepte du sexe vanille tout comme j'aime quand c'est un peu plus passionnel.

— Je n'aime pas la vanille, lui réponds-je en lui parlant du parfum et non du sexe.

— Ah oui ? Et bien ça nous fait un point commun.

C'est étrange comme ma réponse semble lui plaire. Je ne relève pas et me contente de ce moment intime et simple que nous partageons ensemble.

— Merci, lui dis-je quand il me tend mon cornet.

— Mais de rien, ce n'est pas grand-chose, ce n'est qu'une glace.

Je lui souris et me perd dans le gris de ses yeux. La rue est quasi déserte et le ciel est sombre. Je me noie dans l'acier de son regard et fait abstraction de tout ce qui peut nous entourer. Quelques étoiles brillent au-dessus de sa tête, le bruit du fleuve me parvient, les voitures à quelques mètres de nous, le silence et le bruit. Ce moment simple est magique.

Nous marchons l'un à côté de l'autre, dégustons notre glace dans un silence quasi religieux mais qui est loin d'être ennuyeux, il est d'un apaisement certain.

— Non, merci pour ce soir, pour cette balade, pour ce moment.

J'ai envie de l'embrasser, terriblement. Mais je ne sais pas pourquoi je m'abstiens. Peut-être parce qu'au fond de moi j'ai le sentiment que ce soir, nous ne jouons pas de rôle. Parce que pour une fois, il ne s'agit pas du Prince et de moi étant sa fausse petite amie. Juste Ace et Abby.

Mais je ne fais rien. Je me contente de le fixer en tentant de lui exprimer toute ma gratitude. Il a beau se comporter comme un véritable connard, ce soir il s'est comporté comme un prince.

—Allons, rentrons avant qu'ils ne s'aperçoivent que nous ne sommes plus là.

Il s'apprête à repartir et je ne résiste pas. Je tire sur son bras pour le forcer à pivoter vers moi. Ses sourcils se froncent, sa mine devient plus dure et je ne résiste pas et plaque ma bouche contre la sienne. Ses lèvres ont un goût de pistache et je les dévore sans retenue. Passé la surprise, il me rend mon baiser avec la même fougue. Nos langues se cherchent et se trouvent. Sa main libre se glisse dans mes cheveux pour me maintenir contre lui. La mienne abandonne ma glace pour venir s'enrouler autour de son cou pour l'attirer à moi. Ce moment est exquis. Magique.

Chapitre 27 - Ace

J'aurais pu me contenter de la baiser dans cette chambre et en rester là, néanmoins quand elle m'a dit qu'elle avait le sentiment d'étouffer entre ses murs et que c'était l'unique raison qui l'avait poussé à me fuir à l'hippodrome, je me suis dit qu'il serait judicieux de lui faire voir autre chose. Je ne veux pas qu'elle se laisse envahir par les règles du palais et qu'elle change à cause d'eux. Abby est spéciale de part sa force de caractère ou par cette lueur qui brille dans ses prunelles de jade. Bien qu'elle soit forcée de se conformer à certaines exigences dictées par mon père, je refuse qu'elle devienne un vulgaire pantin façonné à son image à lui. Aussi, j'ai voulu partager avec elle l'un de mes petits secrets, ces virées nocturnes que je m'octroie depuis mon retour au palais. C'était d'ailleurs là que je me trouvais quand Sofia s'est glissée dans ma chambre pour me séduire. Quand je suis rentré elle n'était déjà plus là mais j'avais trouvé une petite trace de son passage en découvrant sa culotte en dentelle noire, glissée sous mon oreiller.

— Je sais que Sofia t'a affirmé qu'il s'était passé quelque chose entre nous et même si je ne peux t'obliger à me croire, je tiens tout de même à te répéter que c'est faux.

Un sourire étire ses lèvres alors que nous continuons de marcher le long du fleuve. La lune pour unique compagnie, elle parvient à éclairer notre passage malgré l'obscurité de la nuit. C'est apaisant et j'apprécie partager ce moment avec Abby.

— Je te crois, me lâche-t-elle du bout des lèvres

Elle n'a pas conscience à quel point ces mots me réchauffent le cœur. Peut-être parce que trop longtemps ma parole a été remise en doute. Trop longtemps j'ai été considéré comme le second choix, celui qui ne ferait jamais rien de ma vie. Mais à présent que mon frère s'est enfui avec l'un des domestiques du palais tout en révélant au préalable son homosexualité, j'ai été mis sur le devant de la scène. Pas par envie, mais uniquement par intérêt.

J'aime me balader le soir dans les rues de la ville quasi déserte. C'est une sorte de monde parallèle où personne ne fait attention aux autres. Je peux déambuler à ma guise sans qu'aucun individu me reconnaisse ni m'interpelle. J'arrive l'espace de quelques minutes à avoir l'impression d'être normal et de ne plus sentir le poids de la couronne sur mon crâne.

— Tout va bien ?

Je me tourne vers Abby qui semble avoir surpris le cheminement de mes pensées. Avec elle c'est à la fois si simple et également un combat perpétuel.

— Oui, j'étais dans mes pensées, c'est tout.

— Tu veux qu'on rentre ? me demande-t-elle avec un sourire espiègle sur les lèvres.

Le désir illumine une nouvelle fois ses iris verts. Je ne résiste pas et dépose un rapide baiser sur sa bouche. Oui, j'ai envie de rentrer. Me retrouver seul avec elle pour reprendre là où nous nous étions arrêtés avant le dîner. La voir lécher sa glace a quelque peu réveillé mon appétit sexuel, j'imaginais sa langue sur mon corps, ses lèvres entourer mon sexe.

— Oui, rentrons.

— Ace ?

— Oui ?

— Merci pour ce moment, c'était... magique.

Ses lèvres s'étirent dans un large sourire. Sa main toujours prise dans la mienne, je l'entraîne vers le palais et reprend les couloirs sombres qui mènent à ma chambre. Alors que nous pressons le pas, le rire cristallin d'Abby brise le silence obscure des lieux. Je ne résiste pas et la plaque contre l'une des parois humides du souterrain et l'embrasse avec passion. En écho à mon baiser, elle glisse ses mains dans mes cheveux qu'elle malmène.

— Touche-moi Ace... gémit-elle contre mes lèvres.

Je hoche la tête sans dessouder mon regard du sien. Ma main glisse entre ses cuisses et je réalise qu'elle n'a même pas mis de culotte. Ce simple constat me fait grogner et j'enfouis mon visage dans son cou pour l'embrasser tout en la mordant. Je la touche, la caresse.

— Dis-moi que c'est pour moi, grondé-je contre ses lèvres.

Son souffle devient plus court et plus lourd quand mon index et mon majeur glissent entre ses lèvres humides pour venir caresser son clitoris gonflé. Mon dieu ce qu'elle est chaude et trempée…

— C'est pour toi, avoue-t-elle les joues en feu.

Si je ne me retenais pas et que les souterrains n'étaient pas aussi dégueulasses, je la prendrais à-même le mur. Mais je ne veux pas aller trop vite, je ne veux pas faire les choses n'importe comment. Mes doigts glissent en elle et lui volent une plainte. Elle se cambre pour mieux les accueillir et je me recule pour imprimer l'image de son visage en proie à l'extase dans ma mémoire. Dans quelques semaines, elle ne sera plus là et j'ai pris la décision de profiter de chaque moment avant qu'elle ne me quitte. Je malmène son clitoris avec mon pouce, glisse mes doigts en elle en appuyant sur ses parois gonflées. Mon sexe engoncé dans mon pantalon tressaute, me hurle de le libérer, de s'enfoncer en elle pour assouvir ce besoin hardant qui brûle mes veines. Mais je me retiens. Je n'ai pas envie de tout foutre en l'air en allant trop vite. Je veux qu'elle s'abandonne totalement à moi.

— Ne t'arrête pas, m'ordonne-t-elle d'une voix tremblante de désir.

Je m'exécute. Ses mains se cramponnent à mes épaules alors qu'elle perd peu à peu les pédales. Ses yeux se ferment pour profiter du plaisir qui déferle en elle et je m'immobilise.

— Regarde-moi, reste avec moi.

Ses paupières s'ouvrent et son regard de jade semble encore plus sombre et brûlant qu'il l'était juste avant.

— Prends-moi Ace… Je te veux en moi…

Je lutte pour garder le contrôle de mes gestes. J'ai envie de tout arrêter, de baisser mon pantalon sur mes cuisses et de la pénétrer sans aucun ménagement. Mais je n'ai pas pris de préservatif et je ne peux me laisser aller sans me protéger. J'ai confiance en Abby mais je sais aussi que les femmes peuvent se montrer sournoises pour arriver à leur fin.

— Pas ici, pas maintenant, lâché-je contre ses lèvres.

J'ôte mes doigts de son intimité alors qu'elle me fusille du regard. Je la laisse une nouvelle fois sur sa faim. Pantelante, excitée, au bord du gouffre. Je m'amuse de la situation et la prend par la main pour l'emmener jusqu'à ma chambre. Dès l'instant où nous serons à l'intérieur de ma suite, je répondrais à sa requête et me perdrais en elle jusqu'à m'oublier moi-même.

Mais alors que je pousse la porte dissimulée dans l'un des murs, je suis surpris de trouver un tel comité d'accueil. Mon père, le Roi, est installé dans l'un des fauteuils et nous fixe l'un après l'autre avec un regard sombre sur le visage.

Et merde !

Je ne peux donc plus faire semblant qu'Abby ne m'intéresse pas. Il a vu clair dans mon jeu et je suis sûr que c'est l'unique raison de ma présence ici.

— Père, que puis-je pour vous ? lui demandé-je agacé.

— Où étiez-vous ?

Son ton est sec et tranchant, je relâche la main d'Abby qui était encore nouée à la mienne. Face à lui, j'ai l'impression de redevenir le gosse de dix ans que j'étais autrefois. Mal dans ma peau avec peu d'assurance.

— Nous étions sortis.

— Et tu penses véritablement que c'est judicieux de sortir sans escort ? Et quand je parle d'escort, je ne parle pas de cette traînée que tu as amené au palais.

Je n'ose pas me tourner vers Abby mais je sens son corps se tendre près du mien. J'aimerais la défendre face à mon père, lui dire qu'il ne s'agit pas d'une pute supplémentaire que j'ai rencontré dans un bar. Pourtant quelque part, c'est exactement ce qu'elle était au début. Simplement au début. Je sais aussi que si je viens à contrer le Roi, ce n'est pas simplement ses foudres que je vais m'attirer mais également sa convoitise. Il a toujours voulu obtenir ce que j'avais. Pourtant, il a toujours tout eu. Vaniteux, il voyait dans les femmes que je chérissais, un moyen pour lui de rester jeune et sur le devant de la scène. Jamais il ne s'est préoccupé du mal qu'il pouvait me faire.

— Tu n'es plus qu'un simple prince Alexander, tu es le prince héritier à présent. S'il m'arrive quoi que ce soit, c'est toi qui monteras sur le trône.

Je frissonne à ces mots.

— Dans ce cas, tente de faire en sorte que rien ne t'arrive, lui réponds-je cette fois avec affront.

Ses yeux s'arrondissent de surprise et il se lève de son fauteuil avec suprématie. Je le détaille, intimidé par sa prestance et son charisme.

— Suis-moi dans mon bureau, nous allons régler ça en famille ! me dit-il en fixant Abby toujours dans mon dos.

Il quitte la chambre sans se retourner. Les portes s'ouvrent automatiquement à son passage et se referment derrière lui. Je me dérobe en avançant, pas enclin à affronter Abby. Je ne l'ai pas défendu, je me suis comporté comme un lâche. Si je l'ai fait pour la préserver, je sais qu'elle ne comprendra pas mes agissements.

— Je suis désolé, lâché-je du bout des lèvres en avançant d'un pas.

Je me tends quand je sens sa main s'emparer de la mienne. Son pouce caresse délicatement le dos de ma main et sa paume se presse sur mes doigts. Par son geste, elle me fait comprendre qu'elle ne m'en veut pas et je lui suis reconnaissant de ne rien dire.

— Tu seras là quand je reviendrais ? lui demandé-je en lorgnant par-dessus mon épaule.

Elle hoche la tête positivement et un sourire timide étire ses lèvres. L'espace d'un instant, j'ai l'espoir de croire qu'elle est ici de son plein gré, qu'elle n'agit pas sous le poids de ce contrat qui nous lie. Un espoir infime certes, mais j'ose l'espérer. Je lui rends son sourire et sens sa main se dérober de la mienne pour me laisser suivre mon père et accuser le poids de ses paroles qui me détruiront une fois de plus, encore un peu.

Chapitre 28 – Abby

J'aurais pu être énervée, j'aurais pu me montrer blessée mais je n'en ai rien fait. Quand j'ai entendu le ton qu'employait le Roi, j'ai eu l'impression de faire un bon dans le passé. Ce mépris était semblable à celui qu'utilisait Travis pour me rabaisser. Je ne pouvais donc pas l'accabler, je le comprenais. Dès l'instant où Ace referme la porte et qu'il me laisse seule dans sa chambre, je me sens comme une étrangère dans les lieux. J'ai l'impression que je ne devrais pas être là, que ce n'est pas ma place. Mais j'ai promis à Ace de l'attendre et j'aime tenir mes engagements.

Je retire ma robe que je dépose sur le fauteuil où se trouvait le roi quelques minutes avant et me dirige vers la salle de bain privative du Prince. Spacieuse, entièrement carrelée du sol au plafond avec un aspect pierres brutes et naturelles, je dois avouer qu'elle est magnifique. Elle dispose d'une baignoire sur pieds assez ancienne qui trône au centre de la pièce. Un peu plus loin se trouve également une douche à l'italienne très vaste qui à elle seule doit faire la taille de ma propre salle de bain à Vegas. L'idée de me faire couler un bain remplie de mousse effleure mes pensées et je n'y résiste pas. Si j'avais soumis l'idée à Ace lors de notre première rencontre, je dois avouer que je n'en ai pas pris depuis pas mal d'années. Mais je ne suis pas d'humeur à me laisser tenter. Je rentre donc dans la douche spacieuse et allume l'eau qui ruissèle au-dessus de ma tête. Le jet n'est pas trop puissant, il cascade sur moi comme la pluie du mois d'août. Chaude, humide, vaporeuse. Je laisse mes mains cavaler sur mon corps et lorsque je ferme les yeux, je me plais à croire qu'il s'agit de celles d'Ace. Je les remplie de savon qui me rappelle le parfum du Prince et parcourt mon corps. Je passe de mon cou, mes seins, mon ventre et l'intérieur de mes cuisses. La chaleur qui m'enveloppe me fait tourner la tête et j'espère que Ace reviendra dans cette chambre très vite pour me retrouver. Si je ferme les yeux et que j'inspire à plein poumon, je pourrais presque croire qu'il est là, avec moi, sous cette eau brûlante

Quand je sors la douche brûlante a eu raison de mes dernières forces. Je m'enroule dans une épaisse serviette en éponge blanche brodée des écussons de la famille royale. J'ouvre les tiroirs du meuble en cherchant une brosse à cheveux et grimace en réalisant qu'ils contiennent des préservatifs. Certains sont classiques tandis que d'autres sont parfumés. Sandy m'avait expliqué qu'elle en utilisait avec ses clients notamment pour se donner un peu plus de courage quand elle devait s'appliquer à faire des fellations. Est-ce que Ace aime ce genre de pratique ? Nous ne nous sommes pas essayés au sexe oral depuis le départ et je dois reconnaître que je n'ai jamais réellement apprécié. Que ce soit quand Travis avait sa tête entre mes cuisses et que j'avais l'impression désagréable qu'il m'aspirait le clitoris comme un aspirateur au point de me faire mal ou bien quand je tentais de lui faire plaisir en me mettant à genoux et que je sentais ses mains s'enfoncer dans mes cheveux pour m'imposer un rythme qui ne me convenait pas et que je me retenais de vomir quand sa verge s'enfonçait trop profondément dans ma gorge.

Je referme rapidement le tiroir comme si je violais l'intimité du Prince. Je dénoue la serviette en éponge et la plie consciencieusement en la faisant retomber le long de la baignoire. Je me dirige ensuite vers sa chambre et ouvre les placards à la recherche d'un t-shirt. Quand j'ouvre l'un d'eux, je suis à la fois surprise et en même temps pas vraiment, de découvrir qu'ils sont soigneusement pliés et alignés dans des piles verticales mais également classés dans un camaïeu allant du blanc en passant par le gris et en terminant par le noir. Tout est si carré…

J'attrape le premier t-shirt qui trône sur la pile et le passe au-dessus de ma tête. Le parfum du vêtement se colle à ma peau et j'apprécie de sentir l'odeur du Prince sur moi. Epuisée bien que impatiente de le retrouver, je me dirige vers son lit pour récupérer un petit peu avant qu'il revienne. Je tire sur l'épaisse couverture sombre et la replie pour me glisser dans son lit mais alors que je décale un oreiller car la pile est bien trop haute, je découvre un bout de tissus en dentelle noire. Surprise, je m'en empare et réalise qu'il s'agit d'une culotte. La colère et la jalousie me gagne immédiatement et bien que je tente de me convaincre qu'il doit s'agit d'autre chose, je ne peux m'empêcher de pester silencieusement.

Garde-t-il réellement la lingerie de son ex et s'en sert-il comme un doudou pour s'endormir ?

Cette simple idée me dégoûte et me met en rogne. Je ne peux pas dormir dans ce lit alors qu'une autre y était peut-être quelques heures plus tôt. Les draps sentent la lessive et n'ont pas l'odeur du sexe et pourtant, la vision de ce bout de dentelle me révulse.

S'il veut coucher avec moi, ça sera dans mon lit et très certainement pas dans celui-ci ! Je sors de la chambre du Prince et me retrouve nez à nez avec Frankenstein. Le regard de mon garde du corps glisse sur moi et la mine qu'elle m'offre me laisse clairement comprendre qu'elle n'apprécie pas que je sorte dans le couloir dans cette tenue. Rien à foutre ! Je m'avance vers la porte de ma chambre et me dépêche d'y pénétrer en la claquant un peu trop fort dans mon dos. Je me précipite jusqu'à mon lit et m'enseveli sous l'épaisse couverture que je remonte jusqu'au menton. Quel connard ! Il y a encore quelques minutes, ses doigts étaient plongés dans mon intimité, il me faisait la promesse de me faire jouir toute la nuit et voilà que je trouve cette culotte à la con !

Arg !!!!

Je tente de me détendre du mieux que je peux et ferme les yeux. Malgré la colère qui m'anime, la fatigue est plus forte et je sombre peu à peu dans le sommeil sans parvenir à éloigner l'image de son visage dans mon esprit.

Assis autour de la table, j'ai les yeux rivés sur mon téléphone portable alors que Travis est installé confortablement dans son fauteuil et fixe l'écran de télévision en regardant le dernier match des Doggers. Je discute par message interposée avec Lily qui est l'une de nos voisines mais également une amie. Dès notre aménagement, elle nous avait apporté une tarte aux pommes et nous avions sympathisé le plus naturellement du monde. Mais alors que je rigole à sa remarque, le regard dur de Travis se tourne vers moi.

— Qu'y a-t-il de si drôle ?

Je range rapidement mon téléphone portable comme si je venais de faire une bêtise. Travis est un homme jaloux et bien que je parle avec une autre femme, il serait capable de s'imaginer que je pourrais le tromper avec le sexe opposé.

— Rien d'important.

— T'en encore en train de parler avec cette pute de Lily ! grogne-t-il.

Je fronce les sourcils. Je n'apprécie pas qu'il parle ainsi de mon amie mais je m'abstiens de lui répondre. J'ai envie que nous passions une bonne soirée d'autant que j'ai une très bonne nouvelle à lui annoncer.

— Au lieu de parler, tu ferais mieux de surveiller le repas.

Oh merde ! Mes lasagnes ! Je me lève avec précipitation, prise d'un vertige. Tout se met à tanguer autour de moi et je suis forcée de me retenir au dossier de la chaise de la salle à manger pour ne pas chuter. Quand j'arrive dans la cuisine, Travis sur les talons, une épaisse fumée noire s'évade du four. Le plat est ruiné. J'ouvre le four rapidement et sors le plat par automatisme sans même prendre de gant. La douleur sur ma paume irradie dans chaque cellule de mon corps et le plat s'éclate contre le sol dans un bruit fracassant. Des morceaux de pates et de viandes hachées recouverts de sauce tomate jonchent le carrelage blanc

— Bordel mais tu ne peux pas faire attention ?!

Travis visualise le repas de ce soir qui ne sera pas dans son assiette sans se préoccuper de ma brûlure à la paume. Je me précipite vers l'évier pour me passer la main sous l'eau mais je *suis retenue de justesse par la poigne de Travis dans mes cheveux alors qu'il m'en éloigne.*

— Travis… gémis-je dans une plainte.

— Nettoie tout ce bordel et fais-moi à manger !

Les larmes cavalent sur mes joues et ma gorge se serre. Une vive douleur s'étire dans mon ventre alors que je tente de me dégager de sa prise.

— J'ai trop mal, je dois me passer la main sous l'eau.

— J'en ai rien à battre de ta main ! Il est plus de vingt heures et je n'ai rien à bouffer ! Tu n'en branles pas une de la journée alors que je me saigne au travail, tu pourrais au moins faire quelque chose de tes dix doigts au lieu de pianoter comme une conne sur ton téléphone.

Ses paroles assassines brisent mon cœur et marque mon âme. Je sais que Travis est dépassé ses derniers jours car sa société va mal, mais est-ce une raison pour me parler de cette manière ? Il me rabaisse sans cesse, me fait culpabiliser car je ne travaille pas. Mais c'était son choix à la base. Il voulait qu'on fonde une famille et que je devienne la mère idéale que je n'ai pas eu. Malheureusement, les dettes s'accumulent et ses crises de colères deviennent de plus en plus fréquentes et bien que je tente de me convaincre chaque fois que ça ira mieux, c'est l'effet inverse qui se produit. Alors que ma brûlure m'élance et que je visualise le plat explosé encore fumant, je décide de lui tenir tête.

Je n'aurais pas dû.

— Sinon quoi ?

En un fragment de seconde, le poing de Travis s'échoue contre mon visage si durement qu'il me fait basculer. Mon corps se répercute contre le sol et ma joue s'écrase contre les restes du repas de ce soir. Une immense douleur me saisie au niveau du visage, à l'endroit qu'il vient de frapper mais également à ma joue qui vient d'être brûlée. Mais par-dessus tout, dans ma chute, j'ai heurté le petit meuble de la cuisine, l'angle de celui-ci s'est enfoncé dans mon bide au point de me marquer. Je ne sais pas si son coup aura un impact sur ce petit être qui grandit déjà en moi mais comme un instinct de survie, j'enroule les bras autour de mon ventre et tente de le protéger de cet homme. Son père.

— Merde Abby ! Je suis désolé.

Je me redresse, le fixe d'un regard noir. C'est la première fois qu'il me frappe. La première qui marque le début de quelque chose.

— Tu m'as frappé ! l'accusé-je.

Les yeux de Travis se remplissent de larmes et son visage se confond en excuse. Je vois dans ses yeux qu'il est visiblement choqué par son geste mais la colère a pris le dessus sur la compassion que je pourrais éprouver.

— Je ne sais pas ce qu'il m'a pris. Je ne voulais pas.

— Ne relève jamais la main sur moi ! lui dis-je en me levant et en m'éloignant de lui.

Il s'avance vers moi, m'implore de lui pardonner. A cet instant, j'ai l'espoir qu'il ne mente pas. Qu'il s'agît réellement d'un coup parti trop vite, dû à l'alcool et au stresse de ses derniers mois accumulés.

— Je te le promet. Je vais tout nettoyer et ensuite je t'emmènerais dîner. Va te préparer mon bébé.

Chapitre 29 – Ace

Je rejoins mon père dans son bureau et entre sans frapper. Dès l'instant où je pénètre dans cette pièce, j'ai l'impression d'étouffer. Imposant avec un charisme qui impose le respect, il lève son regard dédaigneux sur moi et m'ordonne de m'asseoir d'un signe de tête.

— Vous vouliez me voir ?

Je me tends face à lui mais prends place sur le siège face à lui. Le dos droit, les mains cramponnées aux accoudoirs, je le fixe en attendant qu'il me donne les raisons de ma présence ici, à une heure si tardive.

— Parle-moi de cette fille.

J'inspire profondément et tente de camoufler mes émotions et surtout ce que provoque le fait qu'il parle d'elle, en moi.

— C'est une fille que j'ai rencontré dans un bar. Elle n'a rien de spécial, Paul a soumis l'idée à mère de l'embaucher pour que la photo colle aux rumeurs de la presse. Dans quelques semaines elle ne sera plus là et je pourrais m'unir à la femme que vous désirez.

J'ai beau tenter de duper le Roi, je sais que je n'y parviendrais pas. Alors je tente seulement de prouver mon désintérêt en espérant qu'il se range de mon côté.

— Mais encore ? reprend le Roi. Pourquoi l'avoir emmené avec toi en dehors du palais ? Quel était le but de cette manœuvre.

Je me tends un peu plus et inspire fortement pour canaliser mes émotions.

— Elle avait besoin de voir autre chose car elle n'est pas habituée aux règles du palais. Pour qu'elle mène à bien sa mission, il est essentiel qu'elle pense que je lui porte un réel intérêt.

— Bien, la couronne avant tout, reprend mon père.

J'opine, le regard froid et le dos droit.

— Tu vas devoir partir en mission pour une semaine.

— En mission ? lui dis-je en arrondissant les yeux.

— Oui, il faut que tu te rendes chez nos alliés pour que tu négocies un traitétraiter marchand.

J'arrondie les yeux de surprises. C'est son rôle habituellement alors pourquoi me demander d'y aller.

— Mais n'est-ce pas vous qui le faite habituellement ?

— En effet mais tu m'accompagneras. Si tu dois me succéder, il est grand temps que tu apprennes les négociations marchandes qui permettent à notre pays de prospérer.

J'opine et relâche le souffle bloqué dans ma poitrine. J'avais peur que lui reste ici alors que moi je serais à l'extérieur. Si je ne suis plus là, je ne pourrais pas protéger Abby de cet homme. Il est hors de question qu'il manigance le même stratagème qu'avec Sofia. Si Abby n'est là que pour une période bien déterminée, je ne supporterais pas de le voir s'approprier une nouvelle fois la femme que je convoite.

— Et qu'en est-il d'Abby ? Je suis censé améliorer mon image et si je suis à l'extérieur, les gens penseront que je ne lui porte aucun intérêt.

Mon père souffle longuement ce qui ne lui ressemble pas. Son regard se darde sur moi avec mépris. Ses iris gris sont semblables aux miens mais ils laissent transparaître beaucoup plus de noirceur.

— Tu ne feras jamais de grandes choses si tu te préoccupes de l'avis des autres.

Je ne supporte plus de l'entendre me parler avec tant d'arrogance.

— Me détestez-vous ? me puis-je m'empêcher de lui demander.

Je crois que c'est la première fois que je le vois arrondir les yeux avec autant de stupeur. Néanmoins, il camouffle vite son étonnement pour remettre son masque d'impassibilité.

— Qu'entends-tu par là ?

— Vous me méprisez depuis toujours et je sais que je ne suis pas votre premier choix. Mais si vous aviez changé les règles, si vous aviez permis à Stanislas de devenir roi malgré le fait qu'il soit homosexuel, je n'aurais pas eu à me retrouver sur le trône.

La douleur que je ressens dans ma poitrine s'éparpille de part et d'autre de mon être quand mon père pose sur moi un regard gorgé d'indifférence.

— Alors dans ce cas sache que je ne te déteste pas, lâche-t-il froidement.

A ces mots, une pointe d'espoir jailli dans ma poitrine, mais elle est de courte durée quand il reprend avec force :

— Tu ne comptes pas pour moi, je n'éprouve aucune admiration ni aucun amour. J'aurais préféré que ce soit toi qui aimes te faire sodomiser plutôt que Stanislas qui avait tout pour faire un bon roi.

Je comprends à cet instant que quoi que je fasse, je ne serais jamais à la hauteur de mon frère. J'ai pourtant tout fait durant mon enfance pour lui ressembler, être comme lui, mais aux yeux de mon père je n'obtenais jamais un sourire ni même une pointe de gratitude. Je n'étais que le second et pourtant à présent, c'est moi qui suit le premier à prendre sa suite. Je pourrais abandonner, laisser ce choix à ma petite sœur mais si je me bats c'est uniquement pour elle malgré le fait que ce titre qui me revient de surcroît me dégoûte au plus haut point. Car en portant la couronne c'est comme si quelque part, je devenais lui. Cet homme que j'exècre.

— Bien, quand devons-nous partir ? lui demandé-je sur le départ.

— Sois prêt pour neuf heures et tâche de ne pas être en retard.

La conversation est terminée et je ne peux m'empêcher d'éprouver cette vive douleur qui me brûle de l'intérieur. Je me lève du fauteuil qui fait face à mon père et ouvre la porte.

— Laisse ouvert, me dicte mon père. Sofia ne devrait pas tarder à me rejoindre.

Je ne le vois pas et pourtant j'arrive à sentir l'arrogance et la fierté dans sa voix. Je tente de garder les épaules droites et la tête haute pour qu'il ne voit pas à quel point son comportement me touche. Je refuse de lui montrer mes faiblesses car il m'a toujours dit que la déficience d'un homme débutait à l'ouverture de son cœur.

Je ne rentre pas tout de suite dans ma chambre, je me balade dans les jardins du palais pour tenter de faire le vide en moi. Si j'arrive dans mon lit dans cet état, je risque de passer ma colère sur la belle femme qui s'y trouve et je m'y refuse. Elle ne mérite pas ma hargne et devrait trouver sous ses draps un homme attentionné et doux.

Qu'ai-je bien pu faire pour que mon père me déteste à ce point ? Je ne comprends pas comment il peut se comporter de cette manière avec moi. Je n'ai pas souvenir d'avoir fait quoi que ce soit dans mon enfance pour qu'il me méprise à ce point. Durant mon adolescence, j'ai émis l'éventualité d'avoir été le fruit d'un adultère, cela expliquerait les raisons de son indifférence mais j'ai dû vite me résigner au fait que nos traits sont semblables. Que ce soit la teinte de nos iris ou bien la couleur de nos cheveux. Même nos mimiques sont identiques bien que je fasse mon possible pour le masquer.

Quand j'arrive dans ma chambre, je me sens las. Le corps épuisé et l'esprit embrumé. Néanmoins, la colère s'est évadée pour laisser place à une certaine mélancolie. Il me reste que quelques heures avec Abby avant de devoir partir pour quelques jours et ce simple constat me tordtort le bide. Je m'approche du lit et réalise avec surprise que les draps sont défaits mais qu'elle ne s'y trouve pas. Très vite, je comprends l'objet de sa fuite, la culotte de Sofia. Je l'avais pourtant jeté mais j'imagine que cette garce a profité de notre absence dans la ville pour se glisser une nouvelle fois dans ma chambre. Que cherche-t-elle au juste ? Elle a déjà obtenu les faveurs de mon père et si j'en crois ce dernier, elle doit être à ce moment présent dans le même lit que lui.
Je me dirige donc vers sa chambre et me retrouve face à son garde du corps, l'agent Hofman.
— Votre Altesse, me dit-elle en m'ouvrant la porte.
Je visualise immédiatement le corps d'Abby sous les draps mais alors que je m'en approche, je prends conscience qu'elle est en plein cauchemar. Son visage est crispé, ses sourcils sont froncés et je distingue une larme rouler le long de sa joue.
— Abby, c'est moi.
Tendrement, je m'assoie à sesces côtés et la secoue en la tenant par les épaules. Il lui faut quelques secondes avant d'ouvrir les yeux et réaliser qu'elle était en train de rêver et qu'il ne s'agit pas de la réalité.
— Ace ?
— Oui, je suis là…
Alors que je m'attendais à ce qu'elle me hurle dessus, qu'elle m'insulte ou qu'elle me frappe, ellefrappe elle n'en fait rien. Bien au contraire. Elle se redresse rapidement et enroule ses bras autour de ma nuque pour m'attirer à elle. Je ne sais pas de

quoi elle rêvait mais j'ai bien l'intention de lui faire oublier ce mauvais cauchemar.

Chapitre 30 – Abby

Il me faut quelques secondes pour prendre conscience que tout ceci n'était qu'un mauvais rêve. La colère que j'avais accumulée contre Ace avant de m'endormir s'est évaporéeévaporé et mon seul besoin est de me retrouver contre lui, dans ses bras.

Alors je me hisse, noue mes mains autour de sa nuque et l'attire à moi. Je me moque de cette culotte, de cette fille qui tente de le séduire, la seule chose qui m'importe à cet instant c'est qu'il soit là, près de moi.

Mon t-shirt est trempé, mon cœur bat à tout rompre. Ce cauchemar n'en était pas vraiment un car il s'agissait en réalité d'un souvenir. Le début de sa violence. Le premier coup est celui qui marque le plus car une fois qu'on pardonne, il donne l'opportunité au bourreau de recommencer. Avec le recul, je l'ai compris mais j'étais si amoureuse et en même temps tellement terrorisée que je pensais qu'il allait changer. A nos débuts, il n'était pas comme ça et j'osais croire que ce n'était qu'une passade. En réalité, c'était son vrai visage.

Les doigts de Ace se glissent sur mon crâne qu'il caresse tendrement alors que je conserve ma tête posée contre son torse. Les battements de son cœur plus réguliers que les miens m'aident à me calmer.

Au bout d'un certain moment, il s'éloigne de moi et prend mon visage en coupe entre ses grandes mains.

— Raconte-moi ton cauchemar.

— Ce n'en était pas un.

Ses sourcils se froncent d'incompréhension et je reprends :

— C'était un souvenir Ace. Mon souvenir…

Son regard d'acier plonge dans le mien et sa bouche se retrouveretrouver sur la mienne. Le désir l'emporte sur ma terreur et mon corps répond aussitôt. Je lui rends son baiser, ses lèvres abandonnent les miennes pour glisser vers mon oreille puis ma gorge. Sa main glisse sur ma taille et m'attire à lui. Je me retrouve rapidement assise à califourchon sur lui tandis qu'il prend place dans mon lit.

— Quel était ce souvenir ? insiste-t-il.

J'ai envie de penser à autre chose, de rester les lèvres scelléessceller sans lui révéler ce qu'il en est. Mais une partie de moi a également besoin de se confier, pour qu'il me comprenne un peu plus peut-être. Qu'il saisisse les raisons pour lesquelles j'ai accepté ce contrat. Je ne me donne pas à lui pour de l'argent vulgairement. Si je le fais c'est pour ma liberté et celle de mon fils.

— Mon ex, le père de mon fils, est un homme violent.

Quelques mots lui suffisent à comprendre. Je sens ses doigts se crisper sur mes hanches alors qu'il m'attire à lui et dépose un baiser sur mon épaule. Mon besoin de le sentir en moi grandit. Ses doigts se faufilent sous mon t-shirt, caressent ma peau et effleurent ma poitrine. Je me cambre à son toucher qui provoque une vague de frisson qui parcourt mon corps. Je gémis lorsque sa main s'empare de mon sein et que ses doigts pincent mon téton.

— J'ai envie de toi, lâché-je dans une plainte.

— Pas maintenant, pas comme ça…

Il grogne ses mots contre mes lèvres qu'il embrasse avec passion. Ses yeux sont noirs de désir et emprunt à une fièvre qui lui est propre. Je tire sur les pans de sa chemise et ôte un à un les boutons. A son tour, il fait passer son t-shirt par-dessus ma tête dévoilant à son regard sombre mes seins entièrement nus.

— Ace, s'il te plaît… murmuré-je.

Je sens son sexe dur sous mes fesses. Je ne résiste pas à bouger des hanches pour m'y frotter. J'ai tellement envie de lui…

Je n'en peux plus de ce petit jeu, de nous chercher sans réellement nous trouver.

— T'es pas dans ton état normal, dès demain tu regretteras ce qu'il s'est passé, souffle-t-il alors que je me déhanche sur son sexe dur.

— Je suis loin d'être en sucre, arrête de te préoccuper de moi et agis comme tu l'as toujours fait.

— Et puis merde…

A ces mots, Ace bascule totalement. Il me fait pivoter et je me retrouve prisonnière de ses bras. Sa bouche fond sur moi alors que l'une de ses mains empoigne mon sein. J'écarte les jambes exagérément pour sentir la pression de son sexe encore emprisonné dans son pantalon s'appuyer contre mon pubis. Je n'en peux plus. J'ai besoin de le sentir en moi. Mes mains glissent sur ses épaules et fait glisser sa chemise pour la lui retirer. Il comprend ce que j'ai en tête et s'éloigne de moi. Debout face à mon lit, il retire totalement sa chemise et son pantalon et son boxer subissent très vite le même sort. Ace s'empare d'un préservatif dans son pantalon et me lance un sourire espiègle.

— Je n'allais pas faire deux fois la même erreur.

Je comprends à cet instant que s'il en avait eu un plus tôt, il m'aurait déjà prise. Une main tendue vers lui l'invite à reprendre place mais au lieu de revenir près de moi, il dépose de délicat baiser partant de mon pied puis remonte lentement vers l'intérieur de ma jambe. Je me tends immédiatement, peu enclin à ce genre de choses et comme si Ace avait compris mon malaise, il relève la tête vers moi pour obtenir mon consentement. Je devrais lui dire d'arrêter, lui expliquer que je n'apprécie pas et en même temps, jusqu'à maintenant, dès qu'il me touche ou m'embrasse, c'est un véritable brasier qui naît en moi. Ses baisers ou ses caresses sont tous bien plus exquis que ce que j'ai pu avoir par le passé. Son simple souffle sur mon sexe humide me fait frissonner. Alors je hoche la tête timidement et ferme les yeux dès l'instant où ses doigts glissent sur mes lèvres. Sa bouche se pose ensuite sur mon sexe. La sensation qui se déploie dans mon corps n'a rien à voir ni à envier à celles ressenties jusqu'à maintenant. Le bout de sa langue caresse mon clitoris avec douceur appuyant précisément sur une zone de plaisir brut. Tout d'abord timide et délicate, elle se fait ensuite plus pressante. Je ne retiens pas le gémissement qui franchit mes lèvres et me surprend. Je me sens partir dans une vague de plaisir brut. Tout mon corps s'offre à l'impulsion de sa langue experte et quand il glisse l'un de ses doigts en moi, ce n'est plus une légère plainte qui franchit mes lèvres mais un réel cri d'extase. Les doigts accrochés au drap blanc, je tente de m'accrocher à la réalité alors que je suis sur un véritable nuage de plaisir. Je soulève mon bassin, glisse mes doigts dans ses cheveux bruns que je malmène, gémis son nom à plusieurs reprises. Au bord du gouffre, mon corps se tend. Ace choisit ce moment pour s'arrêter alors que j'étais à deux doigts de jouir. Tout mon corps hurle de frustration et alors qu'il remonte à ma hauteur, je le supplie de venir en moi.

— Ace…

Je le réclame, je n'en peux plus. Son pouce passe sur mes lèvres tandis qu'un sourire insolent se devine sur les siennes.

Son sexe frotte délicatement contre mes lèvres humides réveillant le désir qui gronde en moi et qui ne demande qu’à être assouvi. Je frémis sous son regard d’acier qui me fixe pour observer ma chute lorsqu’il me pénètre profondément.

Mon souffle se mélange au sien, ses lèvres accueillent mes gémissements dans des baisers fiévreux. Ses va-et-vient sont d’une lenteur épouvantable, je n’en peux plus, j’ai besoin qu’il aille plus vite, plus profondément. Je remonte mes jambes le long des siennes et appuie avec mes talons sur ses fesses pour l’inviter à me prendre plus fort.

Tous mes muscles se contractent et accueillent la vague de plaisir qui déferle dans mon corps. J’explose en plongeant dans ce regard gris acier qui m’absorbe complètement. A cet instant, plus rien n’existe si ce n’est nous. Nos respirations, nos bouches s’embrassant et nous redonnant l’air qui nous manque, nos mains et nos caresses, nos mouvements et nos gémissements. Nous... Ace plaque ses lèvres contre les miennes et s'abandonnes’abandonnent également contre moi dans un grognement rauque qui accompagne mes râles de plaisir.

Les spasmes de mon corps s’apaisent tout doucement. Ace bascule sur le dos et m’emporte dans sa chute contre lui. Je repose ma tête contre son torse et parviens à entendre et ressentir les battements de son cœur totalement désordonnés.

Je ne sais pas combien de temps nous restons ainsi. De longues minutes, peut-être des heures. Mes paupières se font lourdes et les battements de son cœur me bercent peu à peu. Mais brusquement, je sens le corps du Prince se tendre sans que je ne sache pourquoi.

— Abby, je dois te dire quelque chose.

Sa voix n'est plus aussi douce qu'elle l'était et m'alerte. Il se décale de moi, ôte son préservatif qu'il noue et dépose sur ma table de chevet. Le sérieux que vient de prendre son visage m'inquiète. J'appréhende qu'il me dise que je ne lui plais pas, que le moment que nous venons de passer était nul. Que je suis là uniquement pour sauver les apparences et que je ne l'intéresse pas. Après tout, quand on a une femme comme Sofia à ses pieds, pourquoi s'intéresser à une fille comme moi.

— Je t'écoute, réponds-je plus froidement.

Il pivote vers moi et me force à lui faire face. Je ne parviens pas à soutenir son regard, trop prise dans mes tourments et surtout par les souvenirs de mon passé.

Tu n'es qu'une moins que rien...

— Mon père m'a demandé de venir dans son bureau car je vais devoir partir pendant plusieurs jours.

J'arrondie les yeux de surprise. Je ne m'attendais pas à ça. Est-ce qu'il va me demander de rentrer à Vegas ? Me renvoyer d'où je viens ? Et si c'est le cas, le contrat sera-t-il rompu ? Il y avait une clause dans ce dernier qui indiquait que si je mettais un terme prématuré à la mission, je ne serais pas indemnisée mais qu'en est-il si c'est l'inverse ? La peur me saisit tout d'un coup car si je crains de ne plus revoir Ace auquel je m'attache sans m'en rendre compte, j'ai encore plus peur de ne pas avoir l'argent nécessaire pour retrouver mon fils.

— Je dois donc rentrer chez moi ?

— Bien-sûr que non, tu seras avec Léonie, j'y veillerais avant mon départ. Mais nous n'allons pas nous voir pendant un moment et ça m'emmerde.

Je suis touchée de voir que lui aussi appréhende cette séparation. Il y a à peine quarante huit heures, je ne me voyais pas craindre de le perdre mais à présent, tout a changé. C'est très étrange.

— Jusqu'à quand ?

— Je rentrerais pour la soirée caritative.

— Embrasse-moi, lui demandé-je.

A ces mots, il s'exécute et plaque ses lèvres contre les miennes. Notre baiser est fiévreux et je sens mon cœur pulser dans ma poitrine. Nous passons le reste de la nuit, ou du moins les quelques heures qui nous restent avant son départ à profiter l'un de l'autre de la plus douce des manières.

Chapitre 31 - Abby

Ace est parti sans me dire au revoir. Voilà deux jours qu'il n'est plus là et je n'ai aucune nouvelle de sa part. Paul m'ayant pris mon téléphone portable à mon arrivée, je pensais néanmoins qu'il trouverait un moyen de communiquer avec moi durant son absence. Mais je me suis voilée la face, j'ai la sensation désagréable que cette nuit que nous avons partagé avant son départ n'était pas à la hauteur de ses attentes. De plus, j'ai appris que Sofia était conviéeconvié au voyage par le Roi et si cette demande à l'initiative de Sa Majesté avait pour but qu'elle partage sa couche, j'ai peu d'espoir qu'elle ne tente rien avec le Prince.

Qu'il aille se faire foutre s'il couche avec cette connasse !

Je me sens horriblement seule malgré la présence constante de Léonie à mes côtés. Elle m'aide à comprendre quelles sont les règles du palais et m'a proposé de l'accompagner faire du shopping aujourd'hui pour trouver une tenue pour la soirée de charité de ce week-end. J'ai dû mal à croire que la Princesse peut se rendre dans un centre commercial comme un individu lambda.

— T'es prête l'américaine ?

Depuis mon arrivée ici, c'est ainsi qu'elle me surnomme. Entre ses lèvres, ce n'est pas une insulte mais plutôt un terme affectueux.

— Yep ! Des nouvelles de ton frère ? ne puis-je m'empêcher de lui demander avec espoir.

— Non, grimace-t-elle. Mais j'imagine qu'il doit pas être occupé. Entre le voyage qui mène là-bas et les différentes rencontres avec les ministres du pays, il ne doit pas avoir une minute à lui.

Une pointe douloureuse se loge dans ma poitrine. Il n'a pas une minute à lui mais surtout, pas une minute pour moi. Je ne sais pas pourquoi ça me touche à ce point. Entre lui et moi, ce n'est qu'un contrat couché sur papier, rien de plus. Je ne sais pas pourquoi avec cette simple nuit passée ensemble, j'ai commencé à éprouver des choses pour lui. A moins que les sentiments que j'ai développés étaient déjà présentsprésent depuis bien plus longtemps que ça.

— Allons nous changer les idées, si tu continues de broyer du noir dans cette chambre, c'est certain que tu ne feras pas sensation lors de la soirée de charité.

— Mais Léonie, allons-nous sérieusement aller faire les boutiques ?

Elle m'offre un clin d'œil et hoche la tête positivement. Je ne pose pas plus de question et la suit, accompagné de Nick et Frankenstein.

Très vite, quand nous arrivons au centre commercial, je comprends comment nous pouvons faire les boutiques. Il a été privatisé pour l'occasion. Des boutiques de luxe s'étendent à perte de vue alors que les allées sont entièrement désertes.

— Vous avez privatisé les lieux ?

— Et bien oui, tu imagines sinon ? Ça aurait été la cohue.

Je grimace. Si cela semble naturel pour Léonie, ça ne l'est pas pour moi. Je ne sais pas comment elle fait, personnellement je ne pourrais pas me faire à ce mode de vie.

A peine avons-nous franchit les portes d'une première boutique de luxe qu'une femme en tailleur sombre nous accueille avec un large sourire aux lèvres. Elle effectue une révérence et nous invite à poursuivre dans une salle. Un sourire crispé sur les lèvres, j'imite Léonie et m'installe dans un immense fauteuil en cuir tandis qu'on nous ramène deux flûtes de champagne et que des dizaines de portant s'étendent face à nous où sont disposéesdisposés des robes de luxe. J'observe les lieux les yeux ronds à la fois émerveillée et mal à l'aise.

— As-tu une préférence pour la couleur ?

— Non, je n'en ai aucune idée.

Elle semble perplexe et alors que les vendeuses s'attèlent à nous présenter tout un tas de tenue, je n'arrive pas à me décider.

— Pouvez-vous nous montrer la robe verte ? demande Léonie.

— Bien-sûr votre Altesse.

Elle me présente face à moi une robe magnifique. Elle a un bustier en forme de cœur orné de pierre de couleur vertes.

— Il s'agit de véritables pierrespierre précieusesprécieuse.

Je n'ose imaginer le montant que doit coûter cette robe et je me dépêche de la reposer sur son portant en ayant peur de l'abîmer.

— Qu'y-a-t-il ? me demande Léonie. Elle ne te plaît pas ?

— Il s'agit d'une création Mademoiselle Smith, il n'existe aucun autre modèle similaire.

Je suis gênée face à la vendeuse qui tente de faire son possible pour nous satisfaire. Le fait est que le simple montant de cette robe devrait couvrir l'ensemble de mes dettes pour le restant de mes jours. Jamais je ne pourrais porter une telle tenue en me sentant à l'aise.

— Bien-sûr, elle est magnifique mais c'est trop…

Je n'ose pas dire onéreux et pourtant Léonie comprend le cheminement de mes pensées.

— Essaye-là, je veux te voir avec !

Je fais non de la tête mais Léonie n'a pas l'air du même avis. Elle se lève de son fauteuil en buvant cul sec sa coupe de champagne puis gronde dans la salle.

— Que tout le monde nous laisse seule !

A ces mots, le personnel de la boutique se tend et s'exécute. La petite sœur du prince est jeune mais elle a une véritable prestance et sait se faire obéir. Elle dégage une aura qui lui est propre et qui m'impressionne.

— Ecoute moi bien l'américaine, arrête de te préoccuper du prix ou de quoi que ce soit. Si cette robe te plaît alors essaye-là ! Ce n'est ni toi ni moi qui payons mais la couronne. Refuser ce présent serait un affront pour ses employés. Crois-moi, si tu portes l'une de leur tenue, ils verront affluer une masse de personne prêt à tout pour obtenir la même robe que tu portes.

— En fait, vous êtes des influenceurs ?

— Ouais, c'est à peuun peu près ça, me dit-elle en rigolant. Alors maintenant, va essayer cette robe et dépêche-toi.

J'opine et m'exécute. La robe est lourde et notamment le bustier qui contient de nombreuses pierres vertes. Une fois sur moi, je ne peux nier qu'elle est magnifique. La couleur du tissus, des broderies ou des pierres se marient parfaitement au teint de ma peau.

— T'es sublime ! Ace va être dingue quand il va te voir là-dedans ! Pas besoin d'en essayer d'autre, c'est celle-ci !

Léonie s'emballe et frappe dans ses mains, heureuse d'avoir trouvé la tenue idéale.

— Et toi alors ?

— Moi ? J'ai déjà tout ce qu'il me faut, me dit-elle avec un clin d'œil. Si on est là aujourd'hui c'est pour toi. Il y aura de nombreux journalistes présents lors de cette réception et il est important que tu fasses sensation.

Nous continuons notre shopping dans les différentes boutiques. Lingerie, bijoux, tout y passe… Mais alors que nous passons devant un kioske à journaux, je ne peux m'empêcher de m'y arrêter. Voilà trop longtemps que j'ai été coupé de l'actualité au point que j'en oublierais presque la date du jour.

— Ne fais pas attention à ce genre de truc, c'est bourré de connerie.

Je visualise seulement à cet instant la une de l'un d'eux et me tend. Il s'agit d'une photo de Ace très proche… Beaucoup trop proche… de Sofia. « Des réconciliations dans l'air ? ». Je m'empare immédiatement du quotidien et ouvre la page centrale où un long article dépeint les activités du Prince où Sofia l'accompagne à chaque représentation. Je lorgne vers Léonie qui semble confuse.

— Je suis désolée…

Je regarde autour de moi et vérifie que nous sommes seules.

— Comment veux-tu qu'on croie à notre couple s'il se trimballe avec elle à son bras ?

— ça doit être un coup de mon père, ne te tracasse pas pour ça.

Je déteste la jalousie que j'éprouve à cet instant car elle est illégitime. Ace ne voulait pas coucher avec moi et je l'ai supplié. Si ça se trouve, il a agit par pitié et rien d'autre.

— T'as le droit d'être en colère Abby, m'invite Léonie avec douceur.

— Aucune femme n'aime savoir que son mec est avec une autre femme, sauf que ce n'est pas mon mec Léonie, ce n'est qu'un contrat.

— Tu peux te voiler la face comme tu veux mais si c'était le cas, tu ne réagirais pas comme ça. Viens, rentrons.

Chapitre 32 – Ace

Dernière soirée avant de la retrouver et je m'impatiente comme un fou à l'idée de la revoir. Chaque fois que je ferme les yeux, c'est son visage qui s'impose à moi. Chaque nuit quand je dors, c'est à son corps que je rêve. Chaque douche que je prends, ce sont ses mains qui remplacent les miennes.

Je ne tiens plus… Je n'en peux plus…

— A quelle heure est notre vol demain ? demandé-je à Paul.

Son sourire s'étire et comme nous sommes seuls, il peut se permettre de me parler en toute franchise et sans protocole.

— Dès huit heures. Vous avez le repas avec le premier ministre ce soir et ensuite, tu pourras dire au revoir à tout ça pour quelques temps.

J'avoue que la semaine est passée rapidement, entre les différents dîners d'affaires et les visites des monuments du pays, je n'ai pas eu le temps de m'ennuyer. Néanmoins, dès que je goûtais un plat délicieux c'est avec elle que je voulais le partager, dès que je voyais quelque chose de beau, c'est à elle que je pensais. Mais à chaque fois que je tournais la tête, je me retrouvais à deux paires d'yeux que je déteste au plus haut point. Ceux de mon père qui me fixaient avec dédain et la convoitise exagérée de Sofia qui nous suivait comme un chien partout où nous allions. Je ne comprends pas pourquoi mon père a exigé sa présence. Enfin si… J'ai une petite idée derrière la tête et j'en ai la confirmation chaque soir quand je l'entends hurler dans la chambre du Roi qui jouxte la mienne. Bordel à croire qu'ils le font exprès ! Néanmoins, si jusqu'à maintenant ça me dégoûtait et me mettait dans une colère folle, à présent j'éprouve une certaine léthargie. Je me sens comme anesthésié face à ces provocations attendant uniquement le moment où je pourrais la retrouver.

— Elle te manque c'est ça ? me demande Paul.

J'arrondie les yeux de surprise et le fixe durement.

— Qu'est-ce que tu vas chercher là ? Arrête de dire des conneries. C'est une fille de plus, rien que ça.

Bien que Paul soit le seul à qui je peux me confier, je ne suis pas prêt à l'avouer. Peut-être parce que le reconnaître marquerait le début de quelque chose que je ne suis pas prêt à entamer. Je ne veux pas ouvrir mon cœur comme j'ai pu le faire par le passé car ça fait trop mal une fois qu'on est bousillé. Et c'est bien connu, toutes les histoires d'amour finissent mal…

— Tu peux dire ce que tu veux mais tu ne me dupes pas. La manière dont tu la regardes révèle ce qu'elle représente pour toi.

Merde… S'il le voit, cela signifie également que mon père peut le voir et ce n'est pas bon pour moi. Car s'il se met en tête de posséder Abby comme il l'a fait avec Sofia, il parviendra à l'éloigner de moi.

— Je vais prendre une douche, je vais être en retard pour le dîner.

Me dépêcher de m'y rendre, passer cette dernière soirée pour la retrouver plus vite. Demain soir aura lieu la soirée caritative de la Reine, ma mère, et cela marquera aussi mes retrouvailles avec Abby.

Après une douche rapide, je sors de la salle de bainbains pour me préparer mais tombe nez à nez avec mon ex.

— Sofia ?

Elle porte une sublime robe pourpre qui met en valeur ses formes. Je ne peux le nier, elle est magnifique néanmoins si autrefois mon corps était attiré par le sien comme un aimant, à présent il ne me fait plus aucun effet.

— Alex, je voulais te voir avant le dîner de ce soir.

La colère qui m'anime est immédiate. Sa simple présence ici est signe de problème. Que me veut-elle ? Pourquoi est-elle là ?

— Je t'écoute mais dépêche-toi, tu sais que mon père n'aime pas qu'on le fasse attendre.

— Je serais brève, rassure-toi. J'ai compris que cette américaine était importante pour toi et sache que je ne ferais plus rien pour te causer du tort.

Où est le piège ? Sofia n'est pas une fille qui fait des choses sans une idée derrière la tête donc si elle me dit ça, c'est parce qu'elle manigance quelque chose. Peut-être est-ce mon père qui l'a envoyé pour me sonder, savoir ce que je ressentais pour elle.

— De l'importance pour moi ? Mais de quoi est-ce que tu parles ?

— C'est ta petite amie et je sais que mon comportement un peu excessif de ces derniers jours a pu vous causer du tort et je m'en excuse.

Je dois faire également attention et ne pas me fourvoyer. Je ne sais pas si Sofia est au courant du petit arrangement qui existe entre Abby et moi. Seul un comité restreint est au parfum. Mais il est possible que mon père lui ai dit, qu'il lui en ai parlé, mais je n'en sais rien.

— Tu me connais Sofia, je ne m'attache plus à personne. Tu m'as brisé le cœur dès l'instant où tu as couché avec mon père et à présent, je ne suis plus apte à aimer qui que ce soit.

Sa bouche forme un o de surprise et son regard se voile de quelque chose que je ne lui connais pas. De la culpabilité ? De la tristesse ? C'est impossible, cette fille ne peut pas ressentir ce genre de chose au vu de son comportement.

— Je suis désolée, sincèrement. Mais que voulais-tu que je fasse au juste ? Que je repousse les avances du Roi ? Que penses-tu qu'il se serait passé si je l'avais fait?.

A cet instant, une colère sourde gronde en moi. Je me retiens d'exploser car quelque part, je sais également qu'elle dit vrai. Mais jusqu'à maintenant, j'avais imaginé que son affection pour mon père était voulue sans penser une seule seconde que mon père l'obligeait à quoi que ce soit. Ce simple constat me dégoûte encore plus du Roi, comment peut-il faire ça ?

— Je t'aimais Sofia, sincèrement et tu m'as brisé le cœur, lui dis-je d'une voix morne.

— Je sais, je t'aimais aussi et c'est toujours le cas d'ailleurs.

Elle s'avance vers moi et sans que je ne l'aie anticipé, ses lèvres se plaquent contre les miennes. Elle met tellement de force dans son baiser que j'en suis légèrement étourdit. Néanmoins, si cette bouche pouvait m'offrir énormément de plaisir par le passé, je n'éprouve aucune satisfaction ce soir. Ni désir, ni plaisir. Une valse morose se joue entre nos bouches. C'est tellement différent de ce que j'éprouve lorsque je suis avec Abby et à cet instant, un véritable déclic résonne dans mon esprit. Je m'éloigne rapidement d'elle et la fixe d'un regard noir.

— Qu'est-ce que tu fous au juste ?

— Tu m'as dit que tu m'aimais.

Son regard perd de son éclat pour devenir plus revêche.

— Oui, j'ai justement utilisé le passé. Je suis avec Abby à présent et il est important que tu apprennes à rester à ta place.

Son visage devient rouge et ses poings se serrent le long de son corps. On dirait une enfant prête à faire un caprice et je me demande bien ce que j'ai pu lui trouver par le passé. Comment ai-je pu ne serait-ce qu'être amoureux de cette fille ? C'est une arriviste, qui est intéressée uniquement par le pouvoir et la notoriété, rien de plus.

— Mais cette fille n'est qu'une moins que rien ! Elle ne fait pas partie de notre monde.

— Notre monde ? C'est peut-être justement ça qui me plaît le plus chez elle.

— Tu dis ça aujourd'hui mais très vite tu comprendras qu'elle ne s'intéresse à toi que pour la couronne qui se trouve sur ta tête et rien de plus.

Je me retiens de la reprendre en lui indiquant qu'elle est bien loin de la vérité. Quand j'ai rencontré Abby, elle ignorait tout de moi et quand elle a su qui j'étais.

— Maintenant si tu veux bien m'excuser, je vais y aller, tu sais bien que mon père n'aime pas qu'on le fasse attendre.

Je me dirige vers la porte de ma chambre et je l'ouvre pour l'inviter à quitter la pièce. Elle me fixe d'un regard noir et me lance juste avant de sortir :

— Tu le regretteras.

Je me moque de sa menace voilée, je sais qu'à présent la page est définitivement tournée et je compte bien en écrire une nouvelle avec Abby.

Chapitre 33 – Abby

Je suis horriblement stressée. Non pas parce que je vais participer à une soirée de charité alors que je n'ai jamais fait ça de ma vie, mais simplement parce qu'Ace est censé revenir ce soir et que je ne sais pas comment gérer son retour.

Une semaine qu'il est parti et si j'en crois la presse à scandale, il est loin de s'être ennuyé ! Je dirais même qu'il s'est bien amusé !

— T'es prête mon américaine préférée ?

Léonie débarque dans ma chambre et je me retourne lentement, tremblante.

— Bordel de merde ce que t'es canon ! me dit-elle en me détaillant de son regard gris perle des pieds jusqu'à la racine des cheveux.

Je n'arrive pas à masquer ma confusion et accepte difficilement son compliment. Néanmoins, je commence à m'y faire petit à petit et surtout, j'ai une totale confiance en Léonie ce qui m'aide à croire à ce qu'elle dit.

— T'es pas mal non plus, lui dis-je.

Léonie porte une superbe robe rouge qui met en valeur ses cheveux bruns et sa peau pâle. Elle est vraiment sublime car son côté chic détonne avec son côté rebelle.

— Ce qui compte c'est que tu en fasses baver à mon frère !

— Tu ne devrais pas plutôt être de son côté et me demander d'être gentille avec lui ?

Ses yeux s'arrondissent et sa bouche forme un o comme si ce que je venais de lui dire était une ineptie.

— Plutôt crever ! Si ce connard s'est bel et bien envoyé en l'air avec cette salope de Sofia, il a plutôt intérêt à avoir la langue qui pend en te voyant et je serais aux premières loges pour te voir le rembarrer.

— Tu sais bien que je ne peux pas, je dois me montrer irréprochable en public. Le contrat...

Elle fait la moue et hausse les épaules. Elle est vraiment craquante.
— C'est vrai ! Bon bah fais en sorte de le rendre jaloux et dès que vous êtes à l'écart de la foule, tu le remets à sa place et comme il faut ! Je compte sur toi !
Léonie me fait rire et m'aide à me détendre. J'avoue que j'appréhende un peu mes retrouvailles avec Ace. Une partie de moi a hâte de le revoir car même si c'est con malgré les circonstances, il m'a manqué. Mais en même temps, après ma découverte et surtout l'absence de nouvelles durant ces quelques jours, j'avoue être sacrément en colère contre lui. J'ai envie de me venger, mais je ne sais pas vraiment comment m'y prendre.
— Faudrait que je l'énerve, t'as une idée ?
— Alex est super jaloux ! Danse un avec un autre gars. Ce n'est pas parce que vous êtes censé être en couple que tu n'as pas le droit de discuter avec quelqu'un d'autre ou de danser. Donc rend-le jaloux.
La conversation que nous avions pu avoir quelques jours plus tôt me revient en mémoire « pour être jaloux, il faut avoir des sentiments », il m'a clairement fait comprendre que ce n'était pas son cas donc j'imagine que c'est peine perdu.
— Si tu veux, je te prête Nick !
— D'ailleurs, il se passe quoi entre lui et toi ?
A voir la tête qu'elle tire, je sais que j'ai vu juste. Pourtant, sa réponse n'est pas celle que j'attendais.
— Rien du tout, c'est mon garde du corps, rien de plus. Bon allons-y !
Je la suis d'un pas légèrement tremblant. Nos gardes du corps nous attendent à l'extérieur de notre chambre et nous escortent jusqu'au rez-de-chaussée. Mais alors que j'arrive en

haut des marches, je l'aperçois. Vêtu d'un costume sombre, il lorgne sur sa montre sans lever les yeux vers nous. Mais à peine ai-je foulée la première marche que sa tête pivote vers nous et que son regard d'acier s'accroche au mien. Je réalise qu'il a revêtu pour l'occasion l'écharpe royale aux écussons de sa famille. Ses yeux glissent sur moi tandis que je dévale les marches d'un pas lent en retenant le bas de ma robe pour ne pas trébucher. Quand j'arrive à sa hauteur, mes doigts libèrent l'étoffe de ma jupe tandis que je relève la tête et l'affronte du regard.

— Tu es donc rentrée.

— En effet, je t'avais dit que je serais là.

Je n'attends pas de compliment de sa part sur ma tenue, je ne sais même pas s'il serait sincère ou juste protocolaire. Joue-t-il un jeu depuis le début ? A-t-il fait semblant pour améliorer son image et que je rentre dans le moule ?

— Allons-y, lui dis-je d'un ton froid qui semble le surprendre.

Il me présente son bras et j'y passe le miens. Dès l'instant où je le touche, un courant électrique me traverse et je peine à le refouler. Pourtant existe-t-il cette attraction entre nous ? Ca serait bien plus simple si ce n'était pas le cas !

— Tu es sublime, me glisse Ace à l'oreille.

Son souffle contre ma peau me fait frissonner pourtant, la seule chose que j'avise est la foule assez dense qui se trouve face à moi. J'inspire à plein poumonspoumon et avance sans vraiment savoir à quoi m'attendre. Alors que nous passons les portes qui mènent à la réception, mon souffle se coupe et mon estomac se noue en entendant l'un des gardes nous annoncer.

— Son Altesse Royale, le Prince héritier Alexander Charles Edward et Mademoiselle Abbygail Smith.

Escortée par Ace, j'avance d'un pas peu assuré dans la salle de réception.
— Comment s'est passé ta semaine ? me demande-t-il alors que les annonces s'enchaînent pour présenter les différents invités.
Je tourne la tête vers lui, peu encline à discuter.
— Aussi bien que la tienne j'imagine.
Il grimace quand il réalise que mon sourire est faux. Ses sourcils se froncent et bien que je sois en colère contre lui, je ne peux nier qu'il reste vraiment beau. Mon cœur fait un bon dans ma poitrine quand il pose son pouce et son index sur mon menton pour le forcer à l'affronter. Je retiens les tremblements de mes lèvres et fais en sorte de ne pas exploser en plein dans cette salle. Pourtant, j'ai autant envie de l'insulter que de l'embrasser. Doux contraste…
— Quelque chose ne va pas ?
Les secondes s'égrènent et je suis incapable de répondre à sa question par des mots. Alors, du regard, je tente de lui faire passer le message. Lui expliquer à quel point j'ai été déçue. Ace avait raison, on ne peut pas être jaloux sans sentiments et je réalise que sans que je ne m'en sois aperçue, j'en ai développé pour le Prince.
— Votre Altesse, puis-je m'entretenir avec vous ?
Un homme d'un certain âge s'est avancé vers nous et Ace a desserré sa prise surde mon menton pour se tourner vers lui. Je saisis l'opportunité de fuir le Prince pour me rendre au buffet où des serveurs vêtus de blanc me tendent une flûte de champagne que j'accepte sans réfléchir.
Sa simple présence me trouble mais je ne peux refouler la colère qui m'anime au simple souvenir de cette couverture de magazinemagasine.

Je détaille la salle de réception des yeux, un véritable orchestre est installé au fond de la pièce et joue des musiques classiques. Je dois reconnaître que la Reine a bon goût car si je me suis déjà rendue dans cette salle à de nombreuses reprises à présent, ce soir elle a un tout autre aspect. Beaucoup plus féérique. Des sculptures de glaces représentants des cygnes ont été installées. Tout ce luxe et le prestige de cette soirée m'intimide. Je n'ai jamais participé à ce genre de truc auparavant.

Une jeune femme d'àun peu près mon âge s'avance vers moi avec un large sourire aux lèvres. Je suis tentée de me retourner en pensant qu'elle sourit à quelqu'un d'autre mais se trouve derrière moi le buffet. A moins que ce soit dirigé vers le champagne, j'imagine très bien Sandy sourire autant pour un verre de bourbon !

— C'est donc vous ?

Visiblement, c'est à moi qu'elle parle.

— Euh oui... C'est moi.

— Enchantée, je suis Clarisse Van Der Poële. J'ai beaucoup entendu parler de vous mais je ne pensais que vous n'étiez qu'une chimère.

Entendu parler de moi. J'espère que c'est en bien.

— Nous ne pensions pas que le Prince trouverait un jour chaussure à son pied mais nous nous étions trompés ! Vous êtes sublime en plus !

— Merci, réponds-je timidement.

— Entre vous et moi, depuis sa rupture avec Sofia Calisti, nous avions imaginé que le Prince serait incapable de trouver une stabilité. Il a été tellement volatile depuis, mais il vous attendait très certainement.

Les mots qu'elle prononce me blessent plus qu'elle ne peut l'imaginer. Peut-être parce qu'au fond de moi, j'aimerais que

tout ceci soit vrai. Mais c'est un leurre. Un moyen pour le Prince de racheter son image et visiblement, ça fonctionne.
— En effet, notre rencontre était un peu originale et jamais je n'aurais imaginé finir ici.
— Oh dites-moi en plus ! J'aimerais tellement savoir comment cela s'est passé !
Et merde ! Pourquoi me suis-je embarquée sur ce terrain ? Je ne peux pas lui dire que je viens d'un bar à striptease et qu'avant de savoir son prénom, j'étais déjà prête à écarter les cuisses pour lui ! Je cherche du regard Ace à travers la foule et me fige quand je réalise que Sofia est près de lui. Non mais c'est quoi son putain de problème ?! Faire la une de la presse people ne lui suffit pas ? Il faut maintenant qu'il s'affiche avec elle ce soir ?
— Je travaillais et il était de passage dans le restaurant dans lequel j'exerçais.
— Intéressant et vous lui avez renversé un verre d'eau dessus sur lui peut-être ?
Un sourire s'étire sur mes lèvres. Machiavélique, je dois le reconnaître. Je ne sais pas si c'est la jalousie qui me fait parler, mais j'ose entrer dans ce mensonge.
— Non, en réalité c'était du café, brûlant, sur ses parties intimes.
Sa bouche force un o alors qu'elle se retient de pousser un cri de surprise.
— Ne me dites pas que... Oh mon dieu, est-ce que ça fonctionne encore ?
Je ne peux m'empêcher de rire face à ce qu'elle peut imaginer et là, le mensonge se mêle à la vengeance. Je hausse les épaules et grimace sans répondre réellement à sa question. Elle semble

visiblement choquée et s'excuse rapidement en bredouillant quelques mots avant de s'éclipser.
Une fois seule, je rigole ouvertement de ma blague et imagine les choses dans mon esprit. Je pivote vers le buffet et demande une nouvelle coupe de champagne cette fois-ci, moins tendue.
— Je suis heureux de voir un visage familier ici !
Je me retourne en réalisant que c'est à moi qu'on parle et me retrouve face à l'homme que j'avais croisé dans les écuries.
— Je pourrais vous retourner ces mots, lui dis-je en souriant.
Elégant comme lors de notre première rencontre, l'homme s'empare de ma main où il dépose ses lèvres et me fait une révérence maladroite. J'ai envie de lui dire de ne pas se montrer protocolaire avec moi mais je m'abstiens, notamment quand je réalise que le regard de Ace est braqué sur nous.
Tiens, tiens... Serait-il jaloux ? Je compte le vérifier !
Comme pour m'encourager, les musiciens débutent une nouvelle musique plus lancinante que je ne connais pas.
— Accepteriez-vous de danser avec moi ? lui demandé-je peu téméraire.
— Avec grand plaisir.
Il me tend sa main et je pose la mienne dans sa paume. L'homme me conduit au centre de la piste et me guide. J'ai deux pieds gauches et je dois m'y reprendre à deux fois pour ne pas lui écraser les pieds. Par bonheur, il ne s'en offusque pas et semble même s'en amuser.
— Au fait, je tenais à vous remercier.
— Pour ?
— Grâce à vous, mon cheval a gagné lors du Grand Prix, c'est d'ailleurs la raison de ma présence ici.
Je ne cache pas la joie que j'éprouve face à cette nouvelle. Cet homme bien que je ne le connaisse pas semble très

sympathique et je suis heureuse de savoir qu'il a remporté le prix.

— Félicitations !

Mes yeux croisent les deux billes d'acier qui sont rivées sur moi. Mais Sofia est toujours proche de lui… Beaucoup trop proche à mon goût. Je bouillonne sur place si bien que je n'entends même pas ce que mon cavalier me dit.

— Si j'étais avec une aussi belle femme que vous, je n'aurais d'yeux pour aucune autre, me dit-il.

Je le fixe, incertaine. Est-ce qu'il me drague ? Je n'ose pas lui répondre mais je sens mes joues devenir brûlantes. Sentant le regard de Ace sur moi mais également celui de l'homme avec lequel je danse, j'ai soudain l'impression d'étouffer.

— Je vous remercie mais je crois que j'ai besoin de prendre un peu l'air.

Par bonheur, il ne semble pas s'offusquer de mon départ précipitéer. Il s'incline dans une sorte de révérence que j'imite puis me permet de quitter la salle. Ou plutôt devrais-je dire m'enfuir…

Chapitre 34 – Ace

Je ne sais pas ce qu'il lui prend. J'avais hâte de la retrouver et pourtant depuis mon retour elle ne fait que me fuir. Alors qu'elle a saisit l'opportunité de s'éclipser quand l'un des conseillers du Roi a souhaité s'entretenir avec moi, voilà à présent qu'elle danse avec ce connard rencontré au Grand Prix. Mais c'est quoi son putain de problème ?

Je les observe à distance, une flûte de champagne entre les doigts. Je suis si crispé que je crains que le cristal ne cède sous la forcete de ma main. Si nous n'étions pas si nombreux, je crois que je l'arracherais aux bras de ce type et que je l'emmènerais

dans ma chambre pour avoir une conversation. J'avais l'impression qu'elle était différente mais son comportement me prouve que je me suis trompé !
— Votre Altesse, puis-je m'entretenir seul à seul avec vous ?
Je me tourne vers Mina, la chargée des relations publiques de la famille royale. Elle semble visiblement aussi inquiète que gênée ce qui ne lui ressemble pas. Je m'excuse poliment aux personnes qui m'entouraient, pose une main sur son épaule et l'invite à me parler à l'écart.
— Que se passe-t-il ?
Sa mine est grave et je vois qu'elle s'y reprend à deux fois avant de me parler. Je fronce les sourcils, surpris et machinalement je cherche Abby dans la salle mais ne parviens pas à la trouver.
— Un nouveau scandale a éclaté sur le web, ça vient tout juste de sortir.
Elle me tend l'Ipad qu'elle tenait près de sa poitrine et me montre le gros titre du site qui fait la une en ce moment : « La rencontre entre le Prince héritier du trône et cette jeune serveuse américaine – où comment elle l'a rendu stérile en lui renversant du café entre les jambes ». Je lève les yeux vers Mina sans parvenir à masquer ma colère.
— Qu'est-ce que c'est que ça ?
Je ne prends même pas la peine de lire l'article entièrement mais c'est un tissu de mensonge. Néanmoins, le fait que la journaliste évoque le métier d'Abby m'indique qu'elle n'est peut-être pas étrangère à ce qu'il vient d'être publié. De plus, je dois avouer que son comportement depuis mon retour est très étrange et je ne la comprends plus.
— Il semblerait que Mademoiselle Smith ai révélé à la presse que vous vous étiez rencontré dans un restaurant et qu'elle vous aurait renversé du café sur les parties.

Bordel de merde ! Elle n'a pas idée à quel point cette information anodine pourrait me causer du tort. Que va penser le peuple ? Après mon frère qui est homosexuel, voilà qu'ils vont me croire émasculé.
— Où est-elle ?
— Je ne sais pas votre Altesse mais face à ce comportement, il serait préférable de mettre un terme à son contrat.
Je sais qu'elle a raison et pourtant je ne peux me résoudre à la laisser partir. Je dois avoir une conversation avec elle, comprendre pourquoi elle se comporte si étrangement et surtout les raisons qui l'ont poussé à mentir de cette manière.
— Je dois la trouver !
— Et que dois-je faire pour son contrat ?
— Débrouillez-vous pour faire fermer ce site ! Je m'occupe de Mademoiselle Smith.
Son visage se ferme mais elle n'insiste pas. Elle m'offre une rapide révérence.
— Bien votre Altesse, m'indique-t-elle en se retournant.
Ni une ni deux, je cherche Abby. Je traverse la salle d'un pas rapide en ignorant les différentes personnes qui requiert mon attention. A cet instant, elle seule compte.
— Alex ?
Je m'immobilise quand Sofia se positionne face à moi avec une coupe de champagne dans chaque main.
— Pas maintenant.
Je ne la laisse même pas me répondre et me dirige vers l'immense terrasse qui jouxte la salle de réception. Dès l'instant où je franchis les portes, je la remarque. Accoudée aux balustrades, elle admire le parc qui lui fait face sans réaliser que je suis dans son dos. Bien que je sois extrêmement énervé

contre elle, je ne peux nier qu'elle est sublime et que mon corps réagit immédiatement en la voyant.
— Faites-en sorte que personne ne nous dérange, indiqué-je aux gardes qui se trouvent de part et d'autre de la porte.
D'un hochement de tête, ils prennent note de mon ordre et s'applique à refermer les portes derrière moi pour qu'Abby et moi soyons seuls.
— C'est quoi ton putain de problème ? lui demandé-je d'un ton sec et tranchant.
Elle ne se retourne pas mais je remarque ses épaules se tendre, son dos se crisper et ses doigts se resserrer sur la barrière.
— Je pourrais tout aussi bien te retourner la question, me répond-t-elle.
Je m'avance vers elle et franchit les quelques mètres qui nous séparent. Mon cœur bat à tout rompre dans ma poitrine et ma gorge se serre. La colère se mêle à la déception. Pourquoi s'est-elle attelée à danser avec un autre homme et à raconter de telles conneries. Ça n'a aucun sens.
Je la force à se tourner vers moi en m'emparant de son avant-bras que je tire un peu trop vivement. Une grimace de douleur déforme son si joli visage mais son regard déterminé me prouve que je ne l'intimide pas. J'aime tellement voir dans ses deux billes sombres sa témérité.
— Tu te rends comptes que les conneries que tu as balancé font déjà la une de tous les sites peoples.
Ses sourcils se froncent comme si elle ne voyait pas où je voulais en venir. Alors, je sors mon téléphone portable de la poche interne de mon costume et tape sur la barre de recherche le site que Mina vient de me montrer. Elle découvre le gros titre et ne retient pas son rire.
— Bordel Abby mais il n'y a rien de drôle !

— Elle voulait savoir comment nous nous étions rencontrésrencontré et c'est elle qui a laissé entendre que j'avais renversé mon café sur toi, je n'ai pas réfuté mais je n'ai rien affirmé.
— Tu ne te rends pas compte des conséquences.
— Et que voulais-tu que je dise ? Que le Prince s'était perdu dans un bar à striptease et que la seule chose qui l'intéressait c'était de me baiser ?
A ces mots, je vois qu'il y a quelque chose de plus profond qui se cache mais je suis incapable de savoir de quoi il s'agit. Néanmoins, si je comprends pourquoi elle en est venue à dire ça, elle doit également savoir que ces paroles vont avoir des répercussions non négligeables !
— Tu ne dois faire confiance à personne Abby.
Ma voix se fait plus douce. Abby n'est pas de notre monde et elle ne comprend pas les règles.
— Personne ?
— Non.
— Donc toi, tu ne fais confiance à personne ?
Si seulement c'était possible... Mais trop souvent par le passé, j'ai eu la preuve que je ne pouvais compter que sur moi-même. J'ai tenté de faire confiance. D'ouvrir mon cœur et de me livrer corps et âme. Mais on s'est moqué de moi, on m'a utilisé pour le titre que j'arborais plus que pour celui que j'étais réellement et à présent, j'ai l'impression que tout le monde est comme ça.
— Exactement.
— Pas même moi ?
Elle me fixe de son regard sombre et inspire fortement.
— Surtout toi...

Bien qu'elle tente de rester impassible, je vois une lueur briller dans ses yeux sombres qui m'incommode. Quelque chose proche de la douleur.

— Je ne fais plus confiance en personne Abby et ton comportement de ce soir, me prouve que je ne peux pas te faire confiance également.

— Je n'ai rien dit ! J'ai simplement pas réfuter ce que elle disait…

— Mais ça revient au même ! Pourquoi tu as fait ça bordel ?

— J'étais en colère, me dit-elle simplement sans faux semblant.

— Sauf qu'avec tes conneries on va penser que je ne suis pas capable d'avoir un enfant et donc un héritier.

— En effet, je n'avais pas du tout pensé à ça.

— Tu aurais mieux fait d'y réfléchir !

— J'étais en colère, répète-t-elle.

— Oui ça j'ai bien compris même si je me demande encore pourquoi…

— J'étais jalouse, avoue-t-elle enfin.

— Mais jalouse de quoi ?

— De toi, de Sofia… Il aurait mieux fallu que tu la choisisses pour jouer ce rôle, comme tu le vois, je ne suis pas à la hauteur.

J'hoche la tête négativement. Celle que je voulais, c'était elle et non Sofia.

— Pourquoi me parles-tu encore d'elle ? Je pensais avoir été clair avec toi avant mon départ.

— Ce n'est pourtant pas ce que tes amis de la presse ont publié dans leur journal ! Une semaine que je n'ai pas de nouvelles de toi et je découvre par hasard une photo de toi et de Sofia beaucoup plus proches que tu ne veux le prétendre.

— Les journalistes sont de véritables vautours que je fuis comme la peste. Ils saisissent la moindre information qu'elle soit vraie ou calomnieuse pour faire les gros titres.

Elle n'a pas idée à quel point ces gens qui gagnent de l'argent sur les scandales qui peuplent nos vies sont des pourritures. Ils épient nos moindres faits et gestes attendant le moment où nous allons nous détourner de la route bien tracée que nous devons suivre depuis notre naissance. Tout est prétexte pour nous nuire mais bien souvent, quand il s'agit de parler de sujet important cela ne les intéresse pas.

— Donc il ne s'est rien passé avec Sofia ?

Voyant que c'est ça la véritable clé de ce froid glacial entre nous et de ce malentendu, je m'adoucie. Je réduis la distance qui nous sépare et enroule mes mains autour de ses hanches pour la rapprocher de moi.

— Non, il ne s'est rien passé. Et donc tu étais jalouse ?

A cet instant, je crains qu'elle nie tout en bloc. Mais contre toute attente, elle hoche la tête timidement sans parvenir à soutenir mon regard. Ses joues se sont teintées d'une jolie couleur pourpre. Je glisse un doigt sous son menton et la force à m'affronter.

— Etais-tu jalouse Baby ?

Elle tique en m'entendant l'appeler par son surnom mais son sourire s'élargit et son regard devient plus rieur. Elle souffle longuement et lève les yeux au ciel comme si elle n'était pas prête à assumer ce sentiment.

— Oui, j'étais jalouse ! Heureux ?

J'ai envie de crier que oui, mais je m'abstiens. Au lieu de ça, je plaque mes lèvres contre les siennes et l'embrasse avec force. Bordel de merde qu'est-ce qu'elle m'avait manquée ! Je tire sur ses cheveux ondulés pour avoir accès à son cou. Je la dévore, la goutte. Ses mains quant à elles glissent sous ma veste et caressent mon torse. J'aime quand elle me touche. Alors que j'ai accès à son cou, que je parsème de traînées humides tout

en sentant son épiderme réagir, je me rapproche de son oreille et lui murmure :
— Moi aussi j'étais jaloux quand je t'ai vu danser… Terriblement jaloux.
Je relâche ma prise sur ses cheveux et lui permet de me faire face. Je me fige, interdit. Abby a ses paupières lourdes de désir et des flammes dansent dans son regard sombre. La bouche entrouverte, le souffle court comme si elle tentait de trouver son souffle. Sans un mot, elle me fait passer le message.
Rien à foutre de cette soirée caritative ! Je veux me retrouver seul avec elle et cette fois-ci, dans ma chambre !

Chapitre 35 – Abby

Ace me prend par la main et m'entraîne à travers la salle pour quitter la réception mais nous sommes interrompus dans notre progression par la Reine en personne.

— Mon fils, tu es très élégant.

Dès que la Reine ouvre la bouche, Ace s'éloigne de moi comme si ma présence l'incommodait. Je ne comprends pas trop sa réaction mais ne réagit pas. J'imagine qu'il est simplement un peu gêné d'être si proche de moi face à elle. Pudique peut-être.

— Merci Mère.

La voix de Ace est laconique. On dirait un robot qui répond de manière machinale. C'est très étrange la relation qui existe entre lui et ses parents. Je n'ai pas vraiment de point de comparaison. D'aussi loin que ma mémoire me le permet, j'ai peu de souvenirs avec mes parents. Un père alcoolique, une mère qui recevait ses coups et qui enchaînaitenchaînaient les petits boulots pour subvenir à nos besoins, j'ai passé peu de temps en leur compagnie. Je pense que c'est d'ailleurs pour tout ça que j'ai fuis le plus vite possible le foyer dans lequel j'ai grandi et que je me suis réfugiée dans les bras de Travis. Je n'avais cependant pas anticipé que j'allais me retrouver dans le même cauchemar que celui que ma mère vivait au quotidien.

— Vous êtes également charmante Mademoiselle Smith.

Je lui offre une révérence maladroite face à son compliment. Néanmoins, je remarque que son sourire crispé n'atteint pas ses yeux, il semble faux.

— Je souhaiterais que tu sois présent jusqu'à la fin des enchères Alexander, il est important au vu de ton nouveau titre que tu assistes à la soirée.

Comment peut-elle avoir deviné ce que nous nous apprêtions à faire ? J'ose un regard vers le Prince et accuse son hochement de tête. Je n'avais pas prévu de passer encore des heures ici ce soir mais visiblement je ne vais pas avoir le choix. La Reine s'éclipse et nous laisse de nouveau seuls. Il s'immobilise et place une main ferme au creux de mes reins. Sa caresse est apaisante et possessive à la fois. Son simple contact m'excite.

— Excusez-moi votre Altesse, le Roi souhaite que vous le rejoignez pour son allocution pour débuter les enchères.

Je sens Ace se tendre à mes côtés, discrètement et avec l'espoir qu'il ne me repousse pas, je glisse ma main dans la sienne. J'ai simplement envie de lui dire que je ne suis pas loin et que je le soutiens. Le regard qu'il m'offre fait gonfler mon cœur de bonheur.

— Nous venons.

— Hein ?

Je me tourne vers Ace en fronçant les sourcils. Le majordome semble du même avis car son visage prend une mine inquiète.

— Il vous a demandé vous votre Altesse, vous seul.

— Mademoiselle Smith est ma petite amie, il est essentiel qu'elle m'accompagne.

— Cela ne va pas plaire à votre Père.

— Je m'en moque. Il devra faire avec.

Ace glisse sa main dans mon dos et me guide vers la grande scène qui trône dans La partie principale de la salle de bal. Il va si vite que je peine à suivre son rythme et manque de me casser la figure. Il ne manquerait plus que ça !

— ça va aller ? me demande-t-il.

Je hoche la tête en avisant les quelques marches qui mènent à la scène. Près du Roi se trouve Léonie, la Reine, mais également Sofia. Pourquoi souhaite-t-il que je l'accompagne ? Est-ce un autre moyen pour prouver que nous sommes ensemble et ainsi redorer son image ? Cette simple pensée m'incommode, bien que je sois là pour cette unique raison, j'avoue que je commence peu à peu à me prendre au jeu, au point d'en oublier les véritables raisons de ma présence ici.

— Père, le salut le Prince.

Le Roi me lance un regard noir et je peine à ne pas baisser les yeux. Alors, je m'accroche de toutes mes forces à la main de Ace pour tenter de garder le contrôle de mes émotions.

— Pourquoi est-elle là ? demande le Roi.

Je me tourne vers Ace, prête à quitter la scène. Mais sa prise se raffermit sur ma main me faisant comprendre que je ne peux pas le fuir.

— Abby est ma petite amie Père elle doit être avec nous. Elle fait désormais partieparti de la famille.

— Foutaise, ce n'est qu'une pute qui est là pour de l'argent.

Sous les mots durs du Roi, une partie de moi se brise. J'attends que Ace réplique mais il n'en fait rien. Au lieu de ça, il accuse ses mots et caresse délicatement ma main avec son pouce. Je ne lui en veux pas, je vois comment le Roi le traite et combien ses mots peuvent le blesserblessé autant que moi.

— Père, c'est à vous, le presse Léonie qui le force à s'éloigner de nous.

Je remercie du regard la Princesse, consciente que sans son intervention, il aurait peut-être continué de me lancer des saloperies en pleine gueule. Tandis que le discours du Roi débute, je n'entends rien. Mon cœur bat si fort qu'il me rend sourde. Je tourne mon visage vers Ace pour l'observer, son regard est froid, distant. C'est comme s'il avait divisé toutes ses émotions pour réussir à supporter ce moment délicat.

Le discours se clôt sous les applaudissements des invités et je me dépêche de descendre de l'estrade en reprenant le souffle qui me manquait tant. Très vite rejoint par Ace, il glisse une main possessive dans mon dos quand Sofia nous rejoint.

— Ravi de te revoir Abby.

Je sais que c'est faux mais je commence à comprendre les règles du palais.

— Tout le plaisir est pour moi.

Je lui offre un sourire faux qu'elle me retourne. Par miracle, Ace me guide vers le buffet et nous offre une coupe de champagne. L'alcool glisse dans ma gorge nouée et me détend.

— Je suis désolé, je n'aurais pas dû te forcer à m'accompagner.

— C'était ma place, c'est dans le contrat.

Il grimace quand je conclus ma phrase et je comprends que l'énoncée du contrat c'e. C'est pourtant l'unique raison de ma présence ici.

— Tu sais très bien que ce n'est pas ce que je voulais dire, me dit-il sur un ton de reproche.

Je culpabilise d'avoir dit ça. Mais je suis encore blessée par les paroles du Roi, je ne m'adresse juste pas à la bonne personne.

— Je sais, excuse-moi.

Ace se moque que du monde circule autour de nous. Il prend mon visage en coupe entre ses grandes mains puissantes et plante son regard d'acier dans le mien.

— Entre nous Abby, c'est bien plus que le contrat, non ?

Mon cœur cogne dans ma poitrine et mes lèvres deviennent subitement sèche. J'aimerais croire que c'est vrai, qu'entre nous c'est autre chose, mais l'espoir est vite remplacé par la méfiance, j'ai trop peur d'être déçu. Alors, au lieu de lui répondre, je me hisse sur mes pieds et l'embrasse tentant de lui faire passer mes mots à travers mes maux. Ses bras musclés s'emparent de ma taille et resserrent leur étreinte possessive puis remontent le long de mon dos. Contre lui, je me sens en sécurité et j'en oublie les paroles blessantes du Roi.

Quand nous nous éloignons l'un de l'autre, Ace me tire par la main et m'entraîne à l'écart de l'immense salle de bal. Dans le couloir, peu de personne s'y trouvent car ils assistent tous au début des enchères.

— Bordel de merde Abby, je ne vais pas pouvoir tenir le reste de la soirée…

La bouche de Ace se plaque contre la mienne alors que ses mains m'attirent à lui. Il y a des gens à quelques pas de nous, dans la pièce juste à côté. La musique résonne jusque dans le couloir mais cette parenthèse inattendue nous permet de souffler un peu. Alors que sa langue glisse entre lmes lèvres, je me laisse porter par l'instant,. Enivrée par la douceur de sa bouche, par ses mains qui se posent sur mon corps. Des jours qu'il ne m'a pas touché et à son contact, je me consume comme un brasier. Il m'a tellement manqué. Son bassin se presse contre le mien et malgré nos couches de vêtementsvêtement j'arrive à sentir son imposante érection contre mon ventre. Je glisse une main entre nous et le caresse à travers le tissu de son pantalon. Ace ferme les yeux et gronde contre mon visage.

— J'ai très envie de toi.

— Pourtant, nous allons devoir attendre...

Un nouveau grognement franchit ses lèvres alors que ma paume s'imprime contre son sexe. J'ai terriblement envie de lui moi aussi. Je n'ai pas cessé de penser à son corps épousant le mien à la perfection durant ses jours passés loin de lui. Même si la colère m'animait à la découverte de cette une de presse, ce n'est pas pour autant que j'ai arrêté de le désirer.

— Tirons-nous d'ici, me presse-t-il.

Je pose mes paumes à plat sur son torse et l'éloigne de moi en arborant un sourire fier.

— Non monq cher Prince, votre présence est requise ce soir mais ne vous en faites pas, je vous attendrais sagement dans ma chambre quand elle sera terminée, et sachez que je serais entièrement nue.

Ses deux billes d'acier semblent fondre sous mes mots et j'aime ma capacité à l'incendier tout autant que lui m'allume.

— Oh non Abby, pas ce soir.

Cette fois-ci, ce sont mes yeux qui s'arrondissent de surprise. Comment ça non ? Comment ça pas ce soir ? C'est hors de question que j'attende demain. Moi aussi j'ai envie de lui et mon besoin de le sentir entre mes cuisses devient urgent. Voyant le tas de question qui se bousculent dans ma tête, il s'approche de moi et me murmure à l'oreille :

— Pas ce soir mais maintenant et pas dans ta chambre mais dans la mienne.

A ces mots, il se baisse et glisse ses mains sous mes genoux. Il me fait basculer par-dessus son épaule et me vole un cri de surprise.

— Repose-moi tout de suite !

Mon grondement se mêle à mon rire. J'ai beau faire mine d'être en colère, l'euphorie m'étreint.

— Quand nous serons dans ma chambre, je te le promets !

Dès l'instant où nous franchissons les portes de sa suite, il s'exécute et me repose au sol. Il s'attèle à refermer derrière lui et pose un regard enflammé sur moi.

— Bordel Abby, qu'est-ce que tu m'as manqué.

Il ne perd pas de temps et fond sur moi. Sa bouche se plaque contre la mienne avec avidité mais très vite, il l'abandonne. Ses lèvres glissent dans mon cou alors que ses mains descendent les bretelles de ma robe et révèlent mes seins. Sa bouche s'empare de l'un d'eux, suce mon téton durement avant d'enrouler sa langue autour. Je pousse une plainte quand il l'attrape entre ses dents et tire légèrement dessus. La douleur se mêle au plaisir. Ma poitrine est lourde et pleine de désir quand il s'occupe de chacun de mes seins.

Ace se laisse tomber à genou face à moi, emportant avec lui ma robe qui tombe à mes pieds. Il m'aide à me l'enlever alors que je me maintien à ses épaules pour ne pas tomber. A présent vêtu uniquement de ma culotte, je le contemple tandis qu'il fait rouler ma lingerie le long de mes cuisses.

— Tu es magnifique Abby et je n'ai pas eu le temps de manger ce soir, m'offres-tu un amuse-bouche ?

Avant que je n'ai le temps de dire quoi que ce soit, sa bouche se pose sur mon sexe et sa langue me lèche sur toute la longueur de mes chairs intimes, provoquant des gémissements de plaisir de ma part. Il écarte doucement mes cuisses et je suis forcée de poser mes mains sur ses épaules pour conserver mon équilibre. Je baisse les yeux vers lui et m'enflamme alors que sa langue exerce sa douce torture. Ma poitrine se soulève au rythme de mon souffle court tandis que ma peau se couvre d'un film de sueur.

Je suis au bord de l'orgasme, mes jambes se mettent à trembler tandis que mon cœur palpite

— Ace, j'ai envie de toi.

Ma voix n'est qu'une supplique. J'ai tellement envie de le sentir en moi à cet instant que c'en est douloureux. Ses mains se resserrent sur mes cuisses, creusant mes chairs sans s'arrêter de me lécher. Il appuie avec plus de force sa langue sur mon clitoris avant de le prendre entre ses lèvres affamées pour le sucer. J'oublie ma demande en jouissant. Je suis prise d'une sensation d'épanouissement total, qui fait exploser toutes mes barrières.

Quand il se redresse, un sourire fier aux lèvres, il déboutonne son pantalon de costume et le glisse sur ses cuisses en emportant son boxer. Son érection se dresse devant moi et je ne me retiens pas de me mordre la lèvre tant je suis impatiente de le sentir en moi. Il m'entraîne jusqu'à son lit et m'invite à m'allonger dessus. Mes jambes s'écartent d'elles-mêmes, prête à l'accueillir. Ace ne se fait pas prier, il attrape un préservatif dans sa table de chevet et le déroule sur sa verge. Impatiente, mes jambes se mettent à trembler. Très vite, il me rejoint et se place entre elles. Le souffle court, je l'observe. Son regard d'acier plonge en moi et un voile sombre traverse ses prunelles dès l'instant où il me pénètre.

Bordel de merde ce que c'est bon !

Ses lèvres se posent contre les miennes alors qu'il se met à aller et venir en moi. J'ai chaud. Je fonds. Le plaisir déferle en moi comme une vague dévastatrice. Je l'encourage par des gémissements inintelligibles et alors que je suis sur le point de perdre pied, Ace s'éloigne de moi et bascule sur le dos.

— J'ai envie de te voir Abby.

A ces mots, il m'encourage à venir sur lui. Je ne me fais pas prier et le chevauche. Mes paumes à plat sur son torse, je me laisse retomber lentement sur son sexe et capte chacune de ses expressions. Mon intimité s'étire pour accueillir son sexe gonflé. Ses yeux s'arrondissent et mon souffle se coupe. Son regard d'acier s'accroche au mien. La sensation est délicieuse et je ne me retiens pas d'exprimer le plaisir qui me traverse. Je me baisse avec précaution, m'empalant sur son membre centimètre après centimètre. Je le veux tout entier. J'ondule des hanches, faisant des cercles autour de son sexe profondément ancré. Ses doigts creusent la chair de mes hanches, m'encourageant à accélérer le rythme. Je ne me fais pas prier et me laisse aller à mon plaisir.

Ace se redresse rapprochant nos corps inexorablement. Ses mains puissantes s'enroulent autour de ma taille tandis que sa bouche fond sur la mienne et étouffe mes gémissements. La position est étrange mais provoque en moi de nouvelles sensations encore plus délicieuses. La proximité entre nous est fabuleuse car ainsi, il peut me posséder encore plus profondément. Alors que son front se plaque contre le mien, Ace soulève ses fesses pour s'insérer en moi avec plus de force faisant voler en éclat toutes mes barrières. Je jouis avec puissance et il me rejoint aussitôt. Blotti l'un contre l'autre, le souffle court, le cœur battant à tout rompre, nous nous immobilisons sans qu'aucun de nous ne veuille détacher son regard de l'autre.

Chapitre 36 – Abby

Plusieurs jours se sont écoulés depuis nos retrouvailles. Les journées sont rythmées par ses différentes interventions dans la capitale tel que les hopitaux ou les orphelinats tandis que le soir, nous nous retrouvons pour passer des moments ensembles. Nous avons découvert de nos corps nus chaque recoin de sa chambre et quelques pièces du palais également. Le Prince est un amant remarquable et je commence peu à peu à m'attacher très sérieusement à lui. Malheureusement, ça m'effraie. Je sais qu'un jour ou l'autre je devrais reprendre ma vie là où je l'ai laissé car ma place n'est pas ici mais en même temps, plus nous nous égarons tous les deux dans des moments d'extases et de plaisirs et plus j'ai l'impression que je ne pourrais plus m'en passer.

— Abby ?

Je pivote sur moi-même et je suis surprise de trouver mon beau Prince dans ma chambre à une heure si matinale. Nous nous sommes quittés il y a à peine une heure et je n'imaginais pas le revoir avant le repas de ce soir.

— Tu es toujours là ?

Il s'avance vers moi, les mains dans les poches et le regard sombre. Son costume cintré me prouve qu'il n'a pas d'idées mal placées.

— J'aimerais savoir si tu voulais bien m'accompagner aujourd'hui ? me demande-t-il gêné.

— T'accompagner, mais où ?

— Je dois me rendre à l'hôpital dans le service des enfants malades, je me suis dit qu'une présence féminine rassurerait les enfants.

Je ne me retiens pas de rire. Une présence féminine ? Celui qu'ils veulent voir c'est le Prince et certainement pas moi.

— Pourquoi ne pas emmener Léonie ? Je suis certaine qu'ils seraient plus heureux de la voir.

— Sauf que c'est moi que tu rendrais heureux en m'accompagnant, me dit-il avec un sourire en coin. En plus, il est important que tu apparaisses en public avec moi pour corroborer ce qui se dit dans la presse. Mina fait son possible pour que les photos avec Sofia disparaissentdisparaisse mais les vautours ont besoin de se mettre quelque chose sous la dent.

Le rappel du contrat me crispe légèrement mais je ne relève pas et me contente de m'accrocher au fait qu'il souhaite que je vienne pour être avec lui.

— Bien, je viendrais.

Il dépose un chaste baiser sur mes lèvres puis me laisse me préparer. Quand je le retrouve dans la voiture, Paul au volant et des gardes du corps dans un véhicule qui nous suit, je suis tendue. Je ne sais pas bien comment je dois me comporter et j'ai surtout peur de faire une connerie.

— Merci de venir, je passe très souvent à l'hôpital de Belly Oak pour discuter avec des anciens soldats, je leur raconte mon histoire, et j'écoute la leur et partage l'espace de quelques instants un peu d'apaisement ou d'éclat de rire. Mais je ne suis jamais à l'aise avec le service pédiatrique. J'y vais car ça fait partie de la procédure, mais je ne sais pas quoi dire quand il s'agit de jeunes enfants malades.

Sa confidence me touche et je saisis sa paume dans la mienne comme pour l'apaiser et lui faire comprendre que je suis là.

Quand nous arrivons à l'hôpital, je ne suis pas surprise de trouver une horde de journalistes à la sortie de notre véhicule.

Ace glisse une main autour de ma taille pour m'attirer à lui et tandis que nous sommes escortés par ses gardes du corps jusqu'à l'entrée de l'hôpital, je blottis mon visage contre son torse en avançant droit devant.

— Ca va aller ? me demande Ace avec prévenance.

J'opine en guise de réponse et sens la main du Prince se glisser dans la mienne. Quand nous arrivons au service pédiatrique, ma poitrine se serre et mon souffle se coupe. Voir tous ses enfants malades me brise le cœur. Dès que leurs regards se portent sur le Prince, une joie incommensurable les saisit et un large sourire s'étire sur leurs lèvres. Une petite fille s'approche de lui en lui offrant une révérence. Je ne retiens pas mon sourire et je suis attendrie face à cette image. Naturellement, Ace s'abaisse pour être à sa hauteur et parler avec elle. Ils rigolent tous les deux, discutent comme s'ils se connaissaient depuis toujours. Je suis attendrie face à l'image de cet homme si fort et puissant, tantôt froid et distant, qui se montre si doux et gentil avec cet enfant. Je m'éloigne d'eux, leur laissant un peu d'intimité et m'approche d'un petit garçon en retrait. Son crâne est dénué de tout cheveux, son teint est livide. Il joue avec un petit camion de pompier sans lever les yeux vers moi alors que je m'approche de lui.

— Je peux jouer avec toi ?

Il reste concentré sur son camion et prudemment, je prends une toute petite chaise près de lui et m'assois dessus. Je me saisis d'un autre camion et commence à jouer sans m'adresser au petit garçon.

— Je vais bientôt mourir, me dit-il.

Mon souffle se bloque et mon cœur se serre. Je n'ose pas lever les yeux vers lui de peur qu'il voit à quel point son annonce me touche. Je ne le connais pas et pourtant, c'est comme s'il venait de m'annoncer que quelqu'un qui m'était cher était sur le point de mourir.

— Sais-tu ce que tu as ? demandé-je prudemment.

— Oui, les médecins disent que j'ai un cancer du sang et malgré la chimiothérapie et les rayons, je ne vais pas vivre.

Mon dieu… Comment un petit bonhomme d'à peine six ou sept ans, peut-il parler avec autant de maturité ? Son discours est digne de celui d'un adulte et sa résilience me touche en plein cœur. La maladie fait grandir plus vite et j'en ai le constat sous les yeux. Je ne peux m'empêcher de faire le parallèle avec Liam. Mon fils est un petit peu plus jeune que lui de quelques années et l'innocence illumine encore son regard. Dans celui de ce garçon, il a totalement disparu faisant face à une fatalité qui lui est proche.

— Et toi, tu es une Princesse ? me dit-il en levant enfin les yeux sur moi.

Je me sens tout d'un coup intimidée face à un gamin de son âge et ça me ferait presque rire dans d'autres circonstances.

— Non, je ne suis pas une Princesse, je suis juste une amie du Prince.

— Il a l'air de bien t'aimer.

Je suis son regard qui se porte sur Ace. Visiblement, il nous observait. Un sourire étire ses lèvres quand je croise son regard d'acier et mon cœur se gonfle à ce simple constat.

— Je l'aime bien aussi, me confié-je au petit garçon. Tu t'appelles comment ?

— William, comme le Prince d'Angleterre.

Ce gosse est vraiment attendrissant. La ressemblance de son prénom avec celui de mon fils ne fait qu'amplifier la boule qui s'est logée dans ma gorge. Si Dieu existe, comment peut-il faire subir une telle épreuve à un être si inoffensif ?

— C'est un très joli prénom, moi je m'appelle Abby.

Il me tend sa main qu'il glisse dans la mienne.

— Tu es très jolie, me dit timidement l'enfant.

Nous jouons tous les deux alors qu'une ombre se dessine derrière moi. Je lève les yeux et découvre Ace qui se trouve près de moi. Il se baisse pour être à notre hauteur et souris à William.

— Je vois que j'ai de la concurrence !

Mon regard alterne entre l'enfant et le Prince.

— Quelles sont vos attentions envers cette femme, jeune chevalier.

William se lève et offre une rapide révérence à Ace avant de l'affronter du regard durement.

— Abby est mon amie tout comme elle est la vôtre mon Altesse.

— Abby n'est pas mon amie, c'est ma petite amie.

Le feu me monte aux joues en entendant les paroles de Ace. Je me convaincs qu'il s'agit uniquement de ce contrat et des apparences que l'on doit renvoyer. Pour autant, une partie de moi ne peut s'empêcher d'espérer que ces mots soient sincères. De plus, alors qu'il continue de discuter avec William, je les observe discrètement et mon cœur se gonfle. J'imagine comment le Prince pourrait se comporter avec mon propre fils et le manque que je ressens à cet instant ne fait que s'amplifier dans ma poitrine. Plusieurs semaines que je ne lui ai pas parlé et des mois que je ne l'ai pas vu. La douleur grandit de plus en plus et le manque que je ressens est horriblement oppressant. J'ai besoin de le sentir contre moi, le serrer dans mes bras, le couvrir de baisers.

Sentant les larmes me monter aux yeux, je m'excuse poliment et me lève pour quitter la pièce. Dès l'instant où j'arrive dans le couloir, je m'effondre. Les larmes, bloquées dans ma gorge, s'échappent librement en violents sanglots. Le visage de mon fils s'imprime dans mon esprit et je crève littéralement de ne pas pouvoir le tenir contre moi, de la vision de ces enfants malades, de cette douleur qui me consume.

— Abby ?

Je n'ose pas me tourner vers Ace qui m'a rejoint et tend une main derrière moi pour l'empêcher d'avancer. Mais on ne dicte pas sa conduite au Prince et il me force à pivoter vers lui et s'empare de mon visage qu'il tient en coupe entre ses mains.

— Que se passe-t-il ? C'est à cause des enfants ?

J'ai envie de lui dire oui, juste pour ne pas me confier mais je n'ai pas envie de lui mentir. Ace s'ouvre de plus en plus à moi et il est important qu'il n'y ait pas de mensonges entre nous. Alors, je hoche la tête négativement et lui dit dans un sanglot.

— Mon fils me manque, c'est tout.

Un voile de culpabilité traverse ses prunelles d'acier. Et ses mains se font plus douces sur mon visage.

— Je suis désolé.

— Tu n'as pas à l'être. Grâce à ce contrat, je pourrais me battre et récupérer la garde de mon fils. Grâce à toi, je serais enfin auprès de lui.

Il plaque ses lèvres contre les miennes et m'offre un baiser salvateur. Mes mains se cramponnent à sa chemise et je m'y maintiens comme pour me raccrocher à quelque chose de réel. J'ai besoin de lui. Son baiser me donne le souffle nécessaire pour ne pas m'effondrer et me donner le courage de continuer.

Chapitre 37 - Ace

Des jours que je réfléchis à un moyen pour qu'Abby retrouve son fils. Paul est déjà sur le coup et se renseigne sur la façon de faire tomber son ex. Le service des renseignements du palais s'active à la recherche de la moindre information compromettante qui lui permettront d'obtenir la garde de son fils. Mon ami et garde du corps m'a informé qu'elle avait accepté ce contrat uniquement pour se payer un avocat, j'ai donc contacté le meilleur du pays pour qu'il lui vienne en aide. Je ne sais pas ce que je recherche exactement en faisant tout ça. Est-ce mon besoin de la protéger ou l'espoir qu'elle accepte peut-être de rester si elle récupère son fils ? Je n'en sais rien, peut-être que je me voile la face après tout…

Je me présente derrière sa porte et quand elle l'ouvre, elle est si belle que j'en ai le souffle coupé. Elle me fait toujours un tel effet que je pense que je ne m'y habituerais jamais. Cette fille a le don pour réveiller en moi des sensations que je pensais disparuesdisparu depuis des années.

— Tu n'étais pas censé aller voir ta grand-mère ? me demande-t-elle en arquant un sourcil.

— Si, mais je tenais à t'offrir un petit cadeau avant de partir.

Je lui tends une boîte. Elle s'en saisit, surprise. Quand elle l'ouvre et découvre un téléphone portable, elle émet un petit couinement de stupéfaction.

— C'est une ligne sécurisée, le numéro de ton ex est enregistré et cela te permettra d'appeler ton fils.

— Mais dans le contrat il est prévu que je n'ai aucun contact avec le monde extérieur.

— On se moque du contrat Abby, je ne te garantie pas que les conversations ne soient pas surveillées, il y a de fortes chances que le palais écoute tes communications mais tu pourras au moins lui parler.

Son regard sombre s'humidifie brusquement et sans que je n'ai anticipé quoi que ce soit, Abby me saute au cou et plaque ses lèvres contre les miennes.

— Merci Ace… Tu n’as pas idée à quel point ton cadeau me touche.

— Cela te nous permettra également de communiquer avec moi lorsque je serais en déplacement.

Je lui offre un clin d’œil complice mais elle ne scille pas. Elle reste concentrée sur l’appareil comme s’il s’agissait de la chose la plus précieuse qui existe. Elle reprend enfin ses esprits et enroule ses bras autour de ma nuque pour m’embrasser. Son corps se presse contre le mien et je réponds à son baiser avec fougue. Bordel cette fille me rend dingue !

Dès l’instant où je quitte le palais, les paparazzis surgissent. C’est toujours aussi pénible mais pas étonnant. Depuis l’annonce de l’homosexualité de mon frère et le changement d’ordre dans l’accès au trône, ils me traquent en permanence. Je tente de me faire discret quand je suis seul mais ça commence à devenir de plus en plus pesant d’autant qu’aujourd’hui, je dois me rendre chez ma grand-mère. J’aurais pu emmener Abby, je devrais l’emmener… Mais j’ai besoin de la voir seul à seul pour lui parler.

Paul est au volant, comme toujours. La vitre nous séparant est abaissée mais malgré cela, assis à l’arrière je ne résiste pas l’envie d’envoyer un message à Abby plutôt que lui faire la conversation. Tel un adolescent, je lui livre mes pensées intimes et notamment le besoin de la retrouver dès ce soir dans mon lit.

Moi > Cette banquette est terriblement moelleuse, pourquoi n’ai-je pas encore goûter à ton corps dans cette voiture ?

— T’as changé, me dit-il.

Je ne le regarde même pas et attend avec impatience la réponse de ma belle brune tempétueusetempêtueuse. Alors, mon garde du corps freine un peu trop brusquement me faisant froncer les sourcils et lever les yeux de mon écran.

— T'as changé, répète-t-il.

— Oui j'ai changé, et alors ?

— Rien, ça me fait plaisir de te voir comme ça.

Je souffle longuement. J'ai conscience que les derniers jours passés auprès d'Abby m'ont fait évolué. Je ne pensais pas m'ouvrir de nouveau à une femme mais avec elle c'est différent. C'est si bizarre que ça me fait peur car je sais que dans quelques semaines, elle souhaitera reprendre le chemin des Etats-Unis dans l'espoir de retrouver son fils. J'ai l'impression qu'elle reste ici avec moi uniquement pour ce contrat et cette somme d'argent. J'ai le sentiment que tout est faux. Pourtant, quand nous sommes ensembles, elle ne paraît pas faire semblant. Elle est vrai, sincère et n'hésite pas à me remettre à ma place quand c'est nécessaire. C'est si rafraîchissant… La plupart des femmes avant elle cédaient à tous mes caprices dans l'unique but d'obtenir mes faveurs et ainsi avoir le privilège d'être au château. Abby n'a rien à voir avec ces filles, elle se moque de qui je suis et du pouvoir que je détiens.

— Bientôt, ça sera fini, lui dis-je sur le ton de la confidence.

— Il te reste plusieurs semaines, tout peutpeu encore changer.

— Tu sais aussi bien que moi que ce ne sera pas le cas. Elle a une vie, elle a son fils.

— Bien entendu, mais elle tient également à toi et si tu lui disais ce que tu ressens pour elle, peut-être qu'elle accepterait de mener cette vie ici et non là-bas.

J'y ai pensé, je dois l'avouer. Mais j'ai trop peur de m'ouvrir pour être une nouvelle fois déçu. J'ai déjà eu le cœur brisé par le passé et j'ai eu beaucoup de mal à m'en remettre, je ne suis pas encore prêt à lui faire confiance.

— Je vais devoir partir demain pour deux semaines, je profiterais de ce temps-là pour y réfléchir.

— Mademoiselle Smith ne vient pas avec toi ?

— Non, je ne préfère pas, le pays dans lequel nous nous rendons mon père et moi se trouve dans une situation tendue et il est préférable qu'elle reste ici.

— Rappelle-toi de l'état de nerf dans lequel elle se trouvait à ton retour la dernière fois.

Un sourire fend mon visage, je m'en souviens parfaitement. Abby s'était montrée pour la première fois depuis notre rencontre jalouse. A travers son comportement, elle m'a prouvé qu'elle tenait à moi et notre réconciliation était à la hauteur de la colère qui nous animait l'un l'autre. Cette fois-ci, je ferais les choses différemment, c'est d'ailleurs pour ça que j'ai demandé à ce qu'un téléphone soit mis à sa disposition. Pour appeler son fils mais également pour me contacter moi. Alors que je m'apprête à répondre à Paul, mon téléphone se met à vibrer et m'annonce l'arrivée d'un sms. C'est elle.

Abby > Je croyais que cette ligne était sécurisée et que nos messages pouvaient être espionné, n'est-ce pas dangereux votre Altesse de vous adresser à moi de cette manière ?

J'ignore de nouveau Paul alors que ce dernier se concentre sur la route. J'aime sa manière de me répondre, son impétuosité propre à elle-même.

Moi > J'aurais pu exiger une photo de ton corps nu, là en effet ça aurait été embarrassant.

La route jusqu'au domaine de ma grand-mère se fait sans encombre et quand Paul sort du véhicule pour venir m'ouvrir la portière, l'annonce d'un nouveau message m'immobilise. Je lève le doigt à mon garde du corps pour lui demander de patienter et réalise qu'il ne s'agit pas d'un message mais d'une photo. Une photo de son décolleté, elle porte un magnifique débardeur rouge qui fait ressortir ses seins gonflés sous le tissu. Mes doigts se crispent sur l'appareil tandis que mon sexe durcit dans mon pantalon de costume noir. Bordel de merde ! Je suis aussi excité que jaloux. Comment peut-elle m'envoyer une photo pareille alors que le téléphone pourrait être surveillée ou piraté. Je n'ose pas imaginer que l'un des membres du palais puisse tomber sur cette photo, je ne le supporterais pas. Abby m'appartient et je refuse qu'un autre homme que moi puisse voir cette photo !

Moi > Ne m'envoi pas ce genre de photo !

Abby > Pourquoi, tu n'aimes pas ?

Je suis forcé de remettre ma queue en place dans mon pantalon car je me sens soudainement à l'étroit.

Moi > Bien-sûr que si ! Tu n'as pas idée à quel point j'ai envie de les embrasser, de les tenir entre mes mains, de sucer la pointe érigée de tes seins et t'entendre gémir mon prénom quand je te ferais perdre la tête avec mes dents…

— Un problème votre Altesse ?

Paul reprend le vouvoiement et les formules protocolaires car les autres gardes du corps nous ont rejointson rejoint. Alors que je tente de reprendre une certaine contenance, une nouvelle photo arrive sur mon téléphone et je crains d'être forcé de rester à l'intérieur du véhicule pour demander à Paul de me ramener au Palais car j'ai terriblement envie de baiser avec Abby. Les doigts tremblants à la fois d'impatience, de désir mais aussi de colère, je glisse mon pouce sur l'écran pour le déverrouiller et découvre avec stupeur mais également avec amusement qu'Abby avait glissé ses genoux sous son débardeur pour faire croire à une photo de ses seins. Un petit texte l'accompagne :

Abby > Votre Altesse vous êtes un pervers ! Néanmoins, le petit programme que vous m'avez indiqué m'a terriblement excitée. Parlez vite à votre grand-mère et retrouvez-moi dans ma chambre. C'est un ordre.

Je souris comme un idiot et lui répond rapidement avant de quitter le véhicule.

Moi > Attend-moi entièrement nue, je n'en aurais pas pour longtemps.

Je range mon téléphone dans ma poche et sors enfin. A peine ai-je mis les pieds dans la demeure deque ma grand-mère que son majordome m'accueille. Il me fait une rapide révérence puis me conduit jusqu'à elle. Assise dans son salon privé, une tasse de thé dans la main, elle lève à peine les yeux vers moi quand elle m'aperçoit.

— Tu es en retard, me sermonne-t-elle.

Je me précipite vers elle et m'empare de sa main pour y déposer un baiser sur le sommet.

— Je suis navré, quelques embouteillages sur la route.

Si elle m'a accueilli avec la mine sévère qu'elle arbore la plupart du temps, ma grand-mère se déride rapidement et m'offre une place à côté d'elle. Heureux d'être à sesces côtés car je ne l'ai pas revu depuis le « presque » mariage de mon frère, je garde sa main dans la mienne tandis qu'elle boit sa tasse de thé.

— Que me vaut le plaisir de te voir mon canard ?

— Ai-je besoin d'une raison précise pour rendre visite à ma grand-mère ?

— Pas de ça avec moi Alexander ! Je suis vieille mais j'ai encore toute ma tête.

L'affection que je lui porte transparaît dans mon regard. J'aime cette femme comme ma propre mère, elle s'est toujours montrée bienveillante et avait énormément de considération pour moi alors que l'ensemble du palais n'avait d'yeux que pour mon frère.

— J'avais simplement besoin de te parler, depuis le changement d'ordre dans la prétention au trône, nous n'avons pas eu le temps de discuter toi et moi.

— Ton père n'est qu'un imbécile ! Je suis très heureuse que tu puisses devenir Roi à la mort de ton père, ne te méprends pas mon canard, mais de là à renier son fils car il est homosexuel cela me dépasse.

— Tu es peut-être vieille comme tu le dis si bien mais toi au moins tu vis dans l'ère du temps.

— Bien-sûr ! Si ton grand-père avait eu la décence d'avoir une once d'intelligence c'est moi qui aurait été reine à son décès mais selon lui ou ton propre père, seul un homme peut régner sur le pays.

Je n'avais jamais envisagé que cette place aurait pu intéresser ma grand-mère. Elle s'est consacrée toute sa vie aux bonnes œuvres et à l'humanitaire, se rendant de nombreuses fois dans les pays défavorisés afin de leur venir en aide. Souvent comparé à une Sainte ou à Mère ThérésaThérèsa, elle a toujours été altruiste et visionnaire ce qui devait très certainement effrayer l'ancien Roi ou bien mon père.

— Et donc mon canard, pourquoi as-tu besoin de parler de ça ?

Je prends une profonde inspiration, conscient que je vais dire tout haut ce que je cache depuis tant de temps. Une boule monstrueuse m'obstrue la gorge et mes mains deviennent soudainement moitesmoite. Néanmoins, quand je sens les doigts de ma grand-mère se resserrer sur les miens, elle m'insuffle le courage nécessaire pour me livrer.

— Je ne sais pas si je suis prêt à cette vie, si je suis légitime à être le prochain roi.

Voilà, c'est fait… Bordel, ça fait un bien fou de le dire tout haut.

— Tu as le cœur pur Alexander et c'est bien plus que ce que mon fils a !

— Mais la médiatisation, le protocole, tout ça… Je ne sais pas si c'est ce que je veux réellement.

— Est-ce à propos de cette fille ?

Comment peut-elle lire si clairement en moi ? En effet c'est principalement à cause d'Abby. J'ai conscience que le Roi n'acceptera jamais cette relation surtout si sa véritable identité perce dans la presse. C'est une roturière et il est essentiel aux yeux de mon père que le Prince épouse une femme issue de la noblesse. Une femme comme Sofia…

— Je vois, reprend-t-elle. Je ne la connais pas mais je sais à quel point tu as souffert après la trahison de ta précédente petite amie. Si cette fille est importante pour toi alors tu dois tout tenter. La couronne c'est une chose mais l'amour est plus important que tout. Je t'ai toujours dit que tu étais amené à faire de grande chose Alexander mais il est essentiel pour ça que tu t'aimes toi-même et que tu partages cet amour avec à une personne qui le mérite. Penses-tu qu'elle soit digne de cet amour ?

— Je n'en sais rien. C'est encore trop tôt pour le dire…

— Dans ce cas, laisse faire les choses et ne te pose pas trop de questionsquestion.

— Mais quand je suis avec elle, c'est comme si je vivais pleinement. Elle n'est pas de notre monde mais celui-ci ne m'intéresse pas si elle n'en fait pas partie.

Ma grand-mère m'offre un large sourire plein de chaleur et d'amour. Elle tapote le dos de ma main et me répond :

— Dans ce cas, dis-lui mon canard. La vie est bien trop courte.

Printed in Germany
by Amazon Distribution
GmbH, Leipzig

30348607R00129